THIBAULT RAISSE

DAS PHANTOM

EIN VIERTELJAHRHUNDERT UNDERCOVER

Aus dem Französischen
von Lena Riebl

KAMPA

Die französische Originalausgabe erschien 2023 unter dem Titel
L'inconnu de Cleveland im Verlag Éditions 10/18, Univers Poche, Paris.

Für den Blick hinter die Verlagskulissen:
www.kampaverlag.ch/newsletter

www.kampaverlag.ch
Lektorat: Andreas Feßer
Covergestaltung: Lara Flues, Kampa Verlag
Covermotiv: © iStock/malerapaso
Satz: Herr K | Jan Kermes
Gesetzt aus der Stempel Garamond LT / 240120
Druck und Bindung: GGP Media GmbH, Pößneck
Auch als E-Book erhältlich
ISBN 978 3 311 12083 4

Er war sonderbar.
Und sonderbar bedeutete manchmal: gefährlich.

James Renner, *The Man from Primrose Lane*

TEIL I

Einmal leben, zweimal sterben

I

Ein Arbeitstag, der ohne Zwischenstopp bei Demarco's zu Ende geht, kann kein besonders guter sein. *Die besten Donuts von Eastlake*, wirbt das Plakat. Das Café auf dem Lake Shore Boulevard hat in dem Achtzehntausend-Seelen-Städtchen nur einen einzigen Konkurrenten – besonders weit lehnt man sich mit diesem Slogan also nicht aus dem Fenster. Dass Detective Chris Bowersock den Laden zu seinem Zufluchtsort erkoren hat und seinen täglichen Fettbedarf hier deckt, hängt aber weniger mit der Qualität der Süßspeisen zusammen als mit der unmittelbaren Nähe zum Police Department: Von dort muss man nur einmal die Kreuzung überqueren. Schon heute Morgen, bevor er sich in Zivil auf seinen Posten vor dem Haus eines Heroindealers begeben hat, den er seit Wochen beschattet, hat er sich hier seinen üblichen Kaffee mit extra viel Milch abgeholt. Den stellt ihm der Kellner inzwischen einfach hin, ohne noch nach seinen Wünschen zu fragen. Und jetzt steht er, kurz vor Schichtende wie immer, wieder vor der gekühlten Auslage, bevor er noch einmal im Büro vorbeischaut und den Papierkram des Tages erledigt.

»Extra viel Milch«, ruft der Kellner und schiebt dem Detective seinen gigantischen Becher zu.

Gerade als Bowersock danach greift, fängt das Walkie-Talkie in seiner linken Hand an zu knistern. »In den Dover Apartments wurde ein Toter gefunden«, rauscht die Stimme des 911-Operators aus dem Gerät.

Scheiße. Wird gegen Dienstschluss eine Leiche gefunden,

selbst wenn es sich um den natürlichen Tod einer älteren Person handelt, bedeutet das immer Überstunden.

Chris schaut auf die Uhr: Es ist 15.34 Uhr.

Was für eine Zeit zum Sterben.

Den Stadtplan braucht Detective Bowersock nicht, er ist in Eastlake aufgewachsen. Schon lange bevor er hier zu einem Arm des Gesetzes wurde, kannte er jeden Hydranten der Stadt. Zu der Wohnanlage muss man den Lake Shore Boulevard nur achthundert Meter Richtung Westen fahren. Die Straße ist die Hauptschlagader entlang des Lake Erie, die alle Viertel der nördlich von Cleveland gelegenen Kleinstadt miteinander verbindet. Auf einem Fleckchen Rasen am Straßenrand weist ein Schild auf die Einfahrt hin: *Dover Place Apartments.*

Zwischen den zweihundertneunundzwanzig Fertigbauhäuschen kommt man sich vor wie auf einem Campingplatz mit luxuriösen *mobile homes*. Die Anzeigen im *News Herald*, der Tageszeitung von Lake County, schwärmen von »wundervollen Studios, Ein- oder Zweizimmerwohnungen in einer gepflegten Grünanlage«. Die Broschüre hält die Nähe zum See hoch – weniger als ein Kilometer –, die Freuden der Gemeinschaft, den Hausmeisterservice vor Ort und den großen Vorteil einer frei stehenden Unterkunft für all jene, denen das Privileg des Eigenheims verwehrt ist: der kollektive Traum von einer Terrasse, auf der man im Schaukelstuhl sitzen, Bud Light trinken und Koteletts grillen kann.

Der Detective stellt seinen Dienstwagen einfach irgendwo auf dem weitläufigen Parkplatz ab. Einen Schattenplatz zu suchen, wäre sinnlos: Der Schutz, den die Ulmen gegen das Höllenfeuer bieten, ist zu vernachlässigen. Fünfunddreißig Grad zeigt das Thermometer an diesem Nachmittag des 30. Juli 2002. Für den Mittleren Westen eine außergewöhnliche Hitze, selbst zu dieser Jahreszeit, und sie hält schon einen Monat an. Der *News Herald* prognostiziert schon – zwischen zwei Aufrufen, endlich in Saddam Husseins Irak einzufallen, bevor sich die Anschläge vom 11. September zum ersten Mal jähren –, dass der Sommer 2002 der heißeste in der Geschichte Nordohios werden könnte, wenn es im August so weitergeht.

Chris Bowersock wird von einem schlaksigen Mann um die dreißig in grauen Arbeitshosen empfangen. Auf seinem weißen Poloshirt sind sein Name und seine Funktion aufgestickt: *Jeffrey Offak, Service Manager.* Er ist für die Instandhaltung der Gebäude zuständig. Tropfende Wasserhähne, defekte Klimaanlagen, ungenügende Wassertemperatur – Jeffrey Offak kümmert sich hier um alles. Er habe auch die 911 gewählt, bestätigt er dem Polizisten. Der Mieter aus Apartment C, ein vorbestrafter Ex-Gebäudemaler, hat ihn im Büro angerufen, um ihm mitzuteilen, dass er seinen Nachbarn aus Studio D seit drei oder vier Tagen nicht zu Gesicht bekommen hat. Stimmt, ich auch nicht, dachte Offak bei sich. Normalerweise läuft er dem Rentner jeden Tag über den Weg, wenn der seine Runde durch die Anlage dreht. Der Service Manager klopfte an die Tür von Studio D: keine Antwort. Also machte er Gebrauch von seinem Ersatzschlüssel und fand daraufhin den leblosen Körper Joseph Chandlers.

Während sie zu Fuß die hundert Meter bis zu dem Häuschen zurücklegen, wo der Tote ruht, formuliert der Detective einen kaum verhüllten Vorwurf an seinen Begleiter: Mit welchem Recht hat er sich vor der Ankunft der Polizei Zutritt zu dem Apartment verschafft?

»Das ist mein Job«, antwortet der Hausmeister.

»Es geht hier um einen möglichen Tatort.«

»Davon wüssten Sie aber nichts, wenn ich nicht reingegangen wäre.«

Okay, lassen wir's gut sein.

Das Apartment D ist ein Studio wie jedes andere in der Wohnanlage, und das aus gutem Grund: Alle Unterkünfte hier wurden in einer Fabrik nach einem standardisierten Verfahren angefertigt und per Güterzug hertransportiert. Eine rechteckige Einheit mit einer Fläche von vierundzwanzig Quadratmetern wird als Studio vermietet, zwei aneinandergefügte Einheiten bilden eine Zweizimmerwohnung, drei Einheiten eine Dreizimmerwohnung. Von außen fällt Chris Bowersock nur eine Besonderheit auf: Die Jalousien der beiden großen Fenster in Richtung Terrasse sind heruntergelassen. Die Klimaanlage wurde abgeschaltet, drinnen sei die Hitze unerträglich, warnt der Servicemanager. Was den Geruch angehe, fügt er hinzu, der sei so abstoßend, dass ihn, als er die Wohnung betrat, extreme Übelkeit überkam und er kaum aufhören konnte zu würgen.

Diesen Geruch nach gammligem rotem Fleisch, den ein verwesender Körper verströmt, kennt Chris Bowersock nur zu gut. Ein Genuss ist das für ihn nicht gerade, aber er kommt damit zurecht. In seinen acht Jahren bei der Kriminalpolizei in Eastlake hat der Detective eine ganze Reihe Leichen in üblem Zustand zu Gesicht bekommen. Während die benachbarte Metropole Cleveland, dreißig Kilometer weiter südlich, etwa einhundert Morde pro Jahr zählt, hat man in Eastlake im Schnitt nur einen einzigen zu beklagen. Aber DOAS – *dead on arrivals*, Leichenfunde – sind die Detectives hier trotzdem gewohnt, zu denen werden sie mindestens einmal im Monat gerufen. In einer Arbeitergemeinde, auch wenn sie ökonomisch so gut dasteht wie Eastlake, ist Einsamkeit kein Fremdwort. Suizide und natürliche Todesfälle, die wochenlang weder von Nachbarn noch von Angehörigen bemerkt werden, gibt es regelmäßig.

Ohne auf die Verstärkung zu warten, steigt Bowersock die Stufen zur Terrasse hinauf und verlangt Einlass. Jeffrey Offak ist ihm zu Willen. Er öffnet zuerst die *storm door*, eine Außentür aus einem feinen Gitter, durch das Luft zirkuliert, das Unwetter aber abhalten kann, dahinter die Terrassentür. Der Detective zieht die Brauen zusammen: Dutzende aufgedrehte Fliegen schwirren an dem Glas herum.

Ein schlechtes Zeichen, denkt er noch, während der Mann für alles den Schlüssel im Schloss dreht.

Beim ersten Schritt nach drinnen sinkt Chris Bowersock auf die Knie.

Hinter der Tür prallt er gegen eine Mauer aus glühend heißer Luft und fauligem Gestank, wie ein Flammenrückschlag aus einem verlassenen Schlachthaus. Dem Cop bleibt die Luft weg, er lässt den Blick nur kurz durch die Wohnung schweifen, während er schon den Rückzug antritt: Die alte sepiafarbene Tapete wuselt vor Fliegen, es müssen Hunderte sein. Während sich in seinem Mund ein übler Geschmack ausbreitet, meldet er durch sein Walkie-Talkie: »Bowersock hier, bei dem DOA in Dover. Schickt jemanden von der Feuerwehr, wir brauchen Sauerstoffwesten.«

Die Männer kommen ein paar Minuten später, gleichzeitig mit Ted Kroczak, Chris' Partner. Die beiden Kollegen sind in Eastlake aufgewachsen, nur zwei Blocks voneinander entfernt, und haben dieselben Schulen besucht. Bei gutem Wetter gingen sie damals nachmittags an den See zum Will-O-Way Beach, dem feinen Sandstrand gleich die Straße runter. Im Winter versteckten sie sich vor der Bibliothek unter einer weißen Decke und warfen Schneebälle auf Autos von Streifenpolizisten. Fünfzehn Jahre später wurde einer dieser Officer ihr Ausbilder.

Das Duo auf Leben und Tod wäre einer Polizeikomödie würdig. Die Kollegen haben ihnen die Spitznamen Starsky und Hutch verliehen, sie selbst würden sich eher mit Riggs und Murtaugh aus *Lethal Weapon* vergleichen.

Der draufgängerische Chris, zweiunddreißig Jahre alt, ist der Riggs unter den beiden, die Zündschnur. Er trifft Entscheidungen instinktiv und handelt auch so. Schon ein Missverständnis kann ihn zur Weißglut bringen. Der stämmige Ted, sechsunddreißig Jahre alt, Quarterback-Schultern und GI-Stoppelfrisur, ist der Ruhepol, der kühle Kopf, der Nachdenkliche. Die Polizei von Eastlake hat ihren guten Ruf im County vor allem auch der grenzenlosen Dreistigkeit dieser beiden Kollegen zu verdanken. Nach dem morgendlichen Briefing machen sie sich direkt auf, statt lange auf Beschwerden oder Anzeigen zu warten. Irgendeine Motorradgang oder ein Dealernetzwerk, die man im Auge behalten muss, gibt es immer. Und abends, wenn der Stress ihrer Mission abflaut, kauen sie die aufregendsten Momente des Tages über einem Bier noch einmal durch. Sie wären beide hundertmal durchs Feuer gegangen, um dem anderen den Arsch zu retten. Das ist nicht nur eine Metapher: Einmal hat Ted sich einem Kokaingroßhändler in den Weg geworfen, dem es gelungen war, die Knarre seines Partners an sich zu reißen. Wie alle wahren Waffenbrüder haben sie sich auch schon miteinander geprügelt, in einer betrunkenen Nacht in der Bar. An den Anlass erinnert sich keiner der beiden mehr, aber zum ersten Schlag hat Ted ausgeholt. »Ruf die Bullen!«, rief der Barmann, als die ersten Stühle flogen. Und der Wirt antwortete blasiert: »Das *sind* die Bullen.«

+++

Die Partner ziehen zunächst Tyveks, weiße Kriminaltechnik-Anzüge, über, dann Scott Air-Paks, mit einer kleinen Sauerstoffflasche ausgestattete Westen, mit denen sich Feuerwehrleute normalerweise bei Bränden vor dem Ersticken schützen. Ein großer Ventilator wird nach draußen gerichtet auf die Fußmatte gestellt, um die verschmutzte Luft in der Wohnung auszutauschen. Chris betritt die Wohnung als Erster, Ted dicht hinter ihm. Wie sie da in ihrer Aufmachung inmitten der Fliegenschwärme stehen, erinnern die beiden an zwei Imker in einem gigantischen Bienenstock.

Der braune Teppichboden und die Palisandermöbel mit den beigen Fronten verleihen dem Raum die gelbliche Nuance eines benutzten Zigarettenfilters. Rechts von der Tür steht ein heruntergeklapptes Murphy Bed – ein Schrankbett, wie man es aus winzigen Klausen in Brooklyn kennt. An der Wand zur Linken eine graue Couch mit Karomuster. Darüber hängt ein auffälliges gerahmtes Foto: ein gotisches Schloss, das man später als Alcázar de Segovia identifizieren wird, auf einem Hügel, darunter der Schriftzug *Spain*. Der Fernseher ist an der rechten Armlehne der Couch angebracht, seine Rückseite zeigt in Richtung Eingangstür. Auf der rechten Seite, hinter dem Bett, stehen ein Schrank und ein großes Regal, beide so gut wie leer. Im Schrank hängt nichts außer einem grauen Anorak und einer roten Krawatte. Im Regal sind vier gefaltete kurzärmlige Hemden gestapelt, daneben ein analoger Radiowecker in Würfelform, ein Paar Nikes im Karton und ein kleiner tragbarer Safe. Durch diesen Minimalismus und die altmodische Einrichtung kommt man sich vor wie in einem Motelzimmer aus einem David-Lynch-Film.

Der Schreibtisch, ganz hinten links vor der Küchenzeile, lenkt die Aufmerksamkeit der Polizisten auf sich. Ein alter Computer steht darauf, mit einem Lesegerät für 3,5-Zoll-Disketten und einer rechteckigen Maus. Auf der Tastatur mit den verblichenen Buchstaben liegen zwei Bücher: *Mit dem Computer zu Hause Geld machen* und *Wie man mit Aktien Geld verdient*, der Bestseller des Investors und Millionärs William O'Neil. Aber am meisten interessiert die Detectives, was links vom Computer liegt: ein Ziplock-Beutel mit ungefähr fünfzehn Patronenhülsen darin, die sie als Kaliber .38 erkennen, und ein mit Schaumstoff ausgekleidetes Hartschalen-Revolverholster. Das Holster ist offen, die dazugehörige Waffe fehlt. Ein wenig versteckt liegt darunter ein großer Kalender aus Karton, der Juli aufgeschlagen, darauf eine Lupe, eine Brille und eine Armbanduhr. Diese Schreibtischecke scheint die allgemeine Atmosphäre des Ortes zu durchbrechen: Inmitten des leblosen und eingefroren wirkenden Raumes ist sie das einzige Zeugnis, dass dieser vor Kurzem noch bewohnt war, und wirkt zugleich wie das Epizentrum der letzten Augenblicke dieses Bewohners.

Die Blicke der Detectives bleiben an dem Kalender hängen: Die Tage sind mit Kreuzen markiert, bis einschließlich 24. Juli. Bis vor sechs Tagen.

Bleibt nur noch das Badezimmer. Noch verbirgt der Schrank es vor ihren Blicken. Man betritt es durch eine Nische in der Küche. Die Polizisten bewegen sich in ihren hermetisch verschlossenen Anzügen auf leisen Sohlen vorwärts und vergießen bei jedem Schritt einen gefühlten Liter Schweiß. Ein potenzieller Tatort muss so gut wie möglich erhalten bleiben, bis Lou, der Kriminaltechniker von Eastlake, eintrifft.

Chris steht als Erster vor dem Badezimmer. Die Tür ist offen. Als er den Verstorbenen mit dem Gesicht nach unten auf der Badematte liegen sieht, schnürt das Grauen ihm den Magen zusammen. Noch nie hat er eine Leiche in einem so fortgeschrittenen Zustand der Verwesung gesehen. Aber Chris ist überzeugt, und das ist das Gruselige an der Sache, eine Bewegung gesehen zu haben. Eigentlich lächerlich:

Toter als dieser arme Mann kann man nicht sein, und trotzdem ist er sich sicher. In dem Haufen verwesenden Fleischs hat sich ein zweites Leben eingenistet. Ein weiterer Blick bestätigt, dass sein Verstand ihm keinen Streich spielt: In Joseph Chandlers Hinterkopf wuselt es nur so vor Hunderten von Fliegenlarven.

Der Körper des alten Mannes liegt quer im Raum, mit angewinkelten Beinen auf seiner rechten Seite, den Kopf Richtung Badewanne gedreht, die Füße in Richtung Waschbecken. Seine Haut ist voller Blasen und brauner Flecken, wie eine Kartoffel, die man im Ofen vergessen hat. Das weiß-grau gestreifte Hemd mit den kurzen Ärmeln trägt er in die marineblauen Chinos gesteckt. Die Leiche ist von einer schwarzen, klebrigen Flüssigkeit durchnässt, einer Mischung all der Gase und Körpersäfte, die während des Verwesungsprozesses freigesetzt werden. Die höllischen Sommertemperaturen, die geschlossenen Fenster, die ausgefallene Klimaanlage: Alle Faktoren, die den Prozess beschleunigen, sind hier zusammengekommen. Den beiden Detectives ist sofort klar, dass sie den schlechtestmöglichen Moment für den Leichenfund erwischt haben: Zwei Tage früher wären das Fleisch weniger vergammelt und Geruch und Anblick erträglicher gewesen; zwei Tage später hätte die Mumifizierung eingesetzt, das Gewebe wäre ausgetrocknet und das Ungeziefer somit ausgehungert.

Die wenigen sichtbaren Blutspritzer konzentrieren sich im und ums Waschbecken. Ein kleiner Klecks neben dem Abfluss, ein paar Tropfen auf dem Rand aus Marmorimitat. Nichts auf dem Spiegel, nichts an den Wänden oder an der Decke. Eine einzelne Patronenhülse, Kaliber. 38, liegt in der Badewanne. Als Chris Bowersock sich der Leiche weiter nähert, fällt ihm das schwarze Metallrohr auf, das links unter der Brust hervorschaut. Der Lauf eines Revolvers.

Als der Detective die Nachricht von dem Todesfall bekommen hat, ging er zunächst davon aus, der alte Mann wäre der Hitze zum Opfer gefallen. Die Wahrheit ist optisch frappierender, aber im Grunde genommen nicht viel spektakulärer. Die von innen verriegelte Tür, das Fehlen von Einbruchsspuren, die Position der Leiche, die nach vorn gestürzt ist, der unter dem Oberkörper begrabene Revolver, die fast zu vernachlässigenden Blutspuren, die einsame Patronenhülse, die Maden, die sich in dem Loch am Hinterkopf tummeln – das alles lässt nur eine Folgerung zu: Der Mann hat sich selbst umgebracht, mit einem Schuss in den Mund.

Inzwischen ist Lou, der Kriminaltechniker, mit seinem Fotoapparat um den Hals eingetrudelt und verewigt die Szene. Auch er zweifelt nicht daran, dass sie es mit einem Suizid zu tun haben, aber solange der Gerichtsmediziner von Cleveland die Möglichkeit eines vertuschten Mordes nicht ausgeschlossen hat, muss ein Leichenfund als Mordfall behandelt werden. Lou platziert ein paar Gerichtssiegel auf potenziellem Beweismaterial: auf dem Revolver natürlich, auf der Brieftasche und dem Bund mit den sieben Schlüsseln, die in den Hosentaschen des Toten stecken, auf dem Safe und auf den beiden Büchern, die so gut sichtbar neben dem Computer platziert sind. Vielleicht findet sich im Safe versteckt oder zwischen die Buchseiten geschoben ja eine Botschaft oder ein Abschiedsbrief, der die Tat erklärt.

Endlich kann die Leiche bewegt werden. Chris und Ted packen jeweils einen Arm, Lou ist für die Beine zuständig. Kaum haben sie den Körper angehoben, lässt ein lautes Knacken sie zusammenzucken. Ted wendet sich seinem Partner zu, der wie versteinert dasteht: Der linke Arm, den Chris hochgehoben hatte, hat sich einfach ausgekugelt wie ein Hähnchenflügel. Jetzt hat er nur noch den losen Arm in der Hand. Das Ermittlerduo ergänzt sich nicht nur bei der Arbeit hervorragend, sondern teilt auch denselben Sinn für schwarzen Humor, der bei dieser Art von Arbeit als Ventil dient. Ted hat als Erster einen derben Spruch auf den Lippen: »Jetzt gib dem armen Mann doch seinen verdammten Arm zurück!«

Als der forensische Assistent eintrudelt, ist die Arbeit der Polizisten vor Ort beendet. Eine erste äußere Besichtigung bestätigt die Theorie eines Suizids durch eine Schusswaffe. Der Gestank ist so unerträglich, dass sie zwei Leichensäcke brauchen. Auf Fingerabdrücke müssen Chris und Ted verzichten: Als sie den Körper des Verstorbenen eingepackt haben, hat die Haut an den Armen sich abgelöst wie der Schwanz einer Garnele, wenn man sie aufbiegt. Knochen und Muskulatur liegen frei, damit ist das Abnehmen von Fingerabdrücken unmöglich. Vom Gesicht, in dem die Maden ihr Unwesen getrieben haben, bleibt nichts als ein Loch, aber das Bild, das der Servicemanager skizziert, scheint zu passen: ein eher kleiner Mann mittlerer Statur, um die sechzig Jahre alt.

Vita, die Verwalterin von Dover, gibt den Detectives die Akte des Mieters: sein im März verlängerter Vertrag mit den Notfallkontakten und das Anmeldeformular, das er bei seinem Einzug ausgefüllt hat. Hier herrscht eine hohe Fluktuation, die Mieten sind hoch, und die Wohnungen werden nur möbliert vergeben. Für die meisten Leute ist das hier ein Zwischenstopp: Sie lassen sich gerade scheiden, sind in der Schwebe zwischen zwei Jobs oder auf der Suche nach einem Haus in der Region. Im Schnitt bleiben sie nur zwei Monate, und in den Studioapartments, die nicht mit Waschmaschinen ausgestattet sind und nur von Einzelpersonen bewohnt werden dürfen, kommen und gehen die Leute sogar noch öfter.

Joseph Chandler, vierundsechzig Jahre alt, hat seit siebzehn Jahren in seinem Apartment gelebt.

Die Leiche wird mit einem speziellen Lieferwagen zu Dr. Rizzo, dem Gerichtsmediziner von Cleveland, gebracht, der für die Kriminalfälle in Lake County zuständig ist. Er wird zunächst eine äußere Leichenschau vornehmen und dann, sollte es Zweifel an der Todesursache geben, gegebenenfalls eine Autopsie.

Chris und Ted schlendern zurück zum Parkplatz, zu ihren Autos. Wie sie befürchtet haben, kann die Mentholsalbe, die sie rund um ihre Nasenlöcher verteilen, den Geruch des Todes, der sich darin eingenistet hat, nicht vertreiben.

»Eigentlich ist das einzig Seltsame an diesem Fall die Art, wie der Typ gelebt hat«, bemerkt Chris.

»Die Schränke sind praktisch leer, obwohl er jahrelang da gewohnt hat«, sagt Ted. »Und hast du seine Bücher gesehen?«

»Ja. Schon komisch, warum will man ein Vermögen machen, wenn man schon entschieden hat, sich das Hirn rauszupusten?«

»Vielleicht hatte er Schulden. Das wäre ein triftiger Grund für einen Selbstmord.«

Die beiden Männer verabschieden sich. Für Ted geht es nach Hause zu seiner Verlobten, Chris fährt in Richtung Police Department. Als erster Beamter vor Ort muss er den Bericht über den Leichenfund abfassen. Darin hält er seine Beobachtungen detailliert fest sowie seine vorläufige Schlussfolgerung: Suizid durch eine Schusswaffe.

Eine Winzigkeit ist ihm aufgefallen, als er die Leiche auf dem Badezimmerboden liegen sah. Er hat seinen Kollegen nicht darauf angesprochen und hält es auch nicht für nötig, es im Bericht zu erwähnen. Eine simple Schlussfolgerung, ziemlich verstörend, aber für die Ermittlungen nicht weiter relevant. Ganz automatisch hat Chris' Kopf zwei Beobachtungen miteinander verknüpft: die Position des Körpers auf der Badematte und die Blutspritzer im Waschbecken.

Diese Elemente lassen vor seinem inneren Auge ein Bild entstehen: das Bild der letzten Sekunde vor dem Ableben von Joseph Chandler.

Der Rentner muss sich, als er abgedrückt hat, im Spiegel selbst in die Augen geschaut haben.

2

Als der achtjährige Tom von seinem Lehrer gefragt wurde, was er später mal machen wolle, rief er: »Ich will Hobo werden!« Diese Antwort gefiel dem Lehrer überhaupt nicht. Er hielt den Jungen dazu an, sich einen ehrbareren Beruf auszusuchen als den eines obdachlosen Vagabunden. Was für eine seltsame Kritik, dachte Tom bei sich, was könnte es Beneidenswerteres geben als ein Leben voller Abenteuer. Mit dem Rucksack auf dem Rücken auf den ersten Zug klettern, der vorbeikommt, ohne zu wissen, wohin er fährt und was der nächste Tag bringt. Aber laut sagte er: »Dann Lehrer, wie mein Dad«, nur um in Ruhe gelassen zu werden. In Wirklichkeit dachte er keine Sekunde daran, Lehrer zu werden. Aber was sich der Sohn marxistischer Arbeitereltern noch weniger hätte vorstellen können, war, dass er später vierzig Jahre lang jeden Morgen in eine Polizeiuniform schlüpfen würde.

Generationenlang ernährte der Kohleabbau in Pennsylvania den Doyle-Klan. In dem Hundertseelendorf südlich von Pittsburgh, wo Tom in den Fünfzigern aufwuchs, wurde jedes Jahr die Miss Carbon gekrönt. Die Gewerkschaft des Kohlesektors organisierte den Wettbewerb, bei dem die schönste Arbeiterin oder Arbeiterfrau des Landes gekürt werden sollte. Der Junge lebte mit seinen Eltern und zehn Geschwistern in einer Siedlung aus ockerfarbenen Ziegeln, die ursprünglich für Minenarbeiter bestimmt gewesen war. Der Großvater und Onkel schoben noch Förderwagen, aber sein Vater hatte die Tradition durchbrochen und war Lehrer geworden. Abends kam er mit sauberen Fingernägeln nach Hause, aber sein ohnehin schon bescheidener Lohn wurde während der Schulferien ausgesetzt. Jeden Sommer schuftete er deshalb auch noch in einem Werk, das Autoteile produzierte, in Cleveland, der brodelnden Metropole des Nachbarstaats Ohio. 1961 zog dann die ganze Familienschar nach Cleveland.

Cleveland war damals das Silicon Valley des Stahls. Der Industriezweig florierte schon seit Beginn des zwanzigsten Jahrhunderts und explodierte während des Zweiten Weltkriegs dank der Nachfrage nach Waffen und Militärfahrzeugen. Der Großteil der Metallverarbeitungswerke des Landes versammelte sich um die fünf Großen Seen im Mittleren Westen, dem Eldorado der Stunde. Der Rust Belt – der rostige Gürtel – absorbierte Jahr für Jahr Tausende Arbeiter aus dem Süden, die ihre ländlichen Sitten und ihren schleppenden Dialekt mit in die historisch vor allem von deutschstämmigen, progressiven und kultivierten Einwanderern geprägte Gegend brachten. Zu Beginn der Fünfziger steht »The Cleve«, was die Einwohnerzahl angeht, auf dem sechsten Platz US-amerikanischer Städte, noch vor Boston, Detroit und Baltimore. Hinter Chicago bleibt sie in dieser Hinsicht zwar abgeschlagen, aber was die monumentale neoklassizistische Architektur angeht, die beiden Städten gemein ist, steht Cleveland ihrer Nachbarin und Rivalin am Lake Michigan in nichts nach. Der Terminal Tower, der an das Empire State Building erinnert, kann sich sogar mit dem Titel des höchsten Wolkenkratzers des Landes außerhalb von New York City schmücken.

Anfang der sechziger Jahre beginnt Clevelands langsamer

Niedergang, gerade als die Doyles sich in der Wirtschaftshauptstadt Ohios niederlassen. Die Stahlwerke ziehen an die Westküste, um Transport- und Exportkosten zu sparen, später werden sie nach Asien outgesourct. Der Ausbau der Stadtautobahnen erleichtert der Ober- und Mittelschicht die Entscheidung, die Luft des Stadtzentrums, die wegen der Schornsteine kaum mehr als Atemluft bezeichnet werden kann, gegen ein Fleckchen Grün in einem Vorort einzutauschen. 1965 ist die »Sixth City« schon auf den zwölften Platz der einwohnerstärksten Städte des Landes abgerutscht. Zu dieser Zeit brechen in Cleveland auch die ersten Unruhen im Zusammenhang mit dem Civil Rights Movement aus. Erst 1968, mit der spektakulären Wahl von Carl Stokes zu einem der ersten Schwarzen Bürgermeister einer US-Großstadt, entschärft sich die Situation.

Am Morgen des 22. Juni 1969 glauben die Clevelander zunächst, sie würden den Verstand verlieren. Dann rufen sie die Feuerwehr: Der Cuyahoga River steht in Flammen. Der Fluss, der sich durch die Häuserschluchten Clevelands windet und in den Lake Erie mündet, ist so von Giftstoffen verschmutzt, dass seine Oberfläche, die manchmal blubbert wie ein Zaubertrank im Cartoon, sich entzündet hat. Die Katastrophe erregt die Aufmerksamkeit der nationalen Medien, die den brennenden Fluss zum Symbol des Niedergangs erklären, auf den die Stadt zusteuert. Arbeitslosigkeit und Armut sind auf dem Vormarsch, und auch die Arbeiterklasse verlässt Downtown Cleveland inzwischen. Zurück bleiben die Mittellosen und Marginalisierten.

Das Haus der Doyles befindet sich am Rande des Stadtkerns, und sie haben wenig Lust, allzu weit von dem Stahlwerk wegzuziehen, wo Toms Vater beschäftigt ist. Er arbeitet dort in der Nachtschicht und beginnt dann – nach wenigen Stunden Schlaf – seinen Arbeitstag als Lehrer in

Eastlake, das an Lake County grenzt. Elf hungrige Mäuler zu stopfen, hat seinen Preis. Ähnlich wie Ohio als Ganzes ist das County eine Miniatur der USA an sich. Anhand der Wählerstimmen hier kann man zuverlässig die nationalen Wahlergebnisse voraussagen, ob sie nun zugunsten der Demokraten oder der Republikaner ausfallen. Von Wahl zu Wahl tendieren die Einwohner mal zur einen, mal zur anderen Partei. Wie die Lage – genau auf halber Strecke zwischen den ghettoisierten Vierteln im Osten Clevelands und den Zwei-Millionen-Mansions in Chagrin Falls – schon vermuten lässt, entspricht das mittlere Einkommen hier fast auf den Dollar genau dem landesweiten Durchschnitt.

Gewöhnlichkeit ist hier nicht nur statistischer Fakt: Die East Laker haben sie sich zur Lebensphilosophie gemacht. Man sieht vor allem makellose, ordentlich gemähte Rasenflächen, kaum welche sind mit politischen oder aggressiven *yard signs* gespickt. Die Leute überschreiten das Tempolimit um wenige Stundenkilometer. Sie wollen nicht als übermäßig gesetzeshörig gelten, aber auch nicht als allzu draufgängerisch. Im Auto schnallt man sich freiwillig an, die Motorradfahrer verzichten aber auf einen Helm. Alle sind hier bewaffnet, aber niemand holt sein Arsenal aus dem verriegelten Waffenschrank, wo es langsam Staub ansetzt. Lake County ist ein Ort der Mitte, ohne Interesse an Popkultur, zu arm zum Träumen und nicht arm genug, um Mitleid zu erregen. Das Amerika der Mittelschicht, in Pantoffeln vor dem Fernseher, friedlich, pragmatisch, konformistisch – nicht aus Mitläufertum, sondern aus Überzeugung.

Tom Doyle schließt die Schule 1981 ab. Wegen seines naturwissenschaftlichen Interesses und der industriellen Prägung der Region schreibt er sich ohne konkrete Karriereabsichten für ein Chemiestudium ein. Noch im selben Jahr heiratet er, sein erster Sohn kommt zur Welt. Er muss seine

Zukunftspläne konkretisieren. Er sucht sich einen Nebenjob, erst in Teilzeit, dann in Vollzeit. Die Police Departments in der Gegend sind ständig unterbesetzt: Wiederholte Skandale wegen Polizeigewalt haben die Teams in Cleveland minimiert, und die umliegenden Gemeinden brauchen mehr Ordnungshüter, um den steigenden Kriminalitätsraten beizukommen. Seine ausgesprochen linksgerichtete Erziehung hat Tom ein Misstrauen gegenüber Uniformen im Allgemeinen und Polizeiuniformen im Speziellen mit auf den Weg gegeben. Die Cops missbrauchen ihre übermäßige Macht, findet er. Die Verpflichtungen der Vaterschaft wiegen schließlich aber schwerer als seine Vorbehalte.

Tom Doyle besteht die schriftliche Aufnahmeprüfung und geht zur Polizeischule. Er kommt sich vor wie ein Kriegsgefangener, der dem Feind dienen muss. Während seiner Ausbildung handelt er sich durch seine offene Kritik an der Institution den Spott seiner Kameraden und auch einiger seiner Vorgesetzten und Ausbilder ein. Trotzdem bekommt er eine Stelle bei der Polizei in Eastlake. Ich bleibe hier sieben oder acht Monate und lege ein bisschen Geld zur Seite, dann geh ich zurück an die Uni, redet er sich ein. Aber dann geschieht das Undenkbare: Tom stellt fest, dass es ihm eine sündige Freude bereitet, die staatliche Autorität zu verkörpern. Er sucht daraufhin sogar einen Psychiater auf, um sich wegen seiner »sadistischen Neigungen«, wie er es nennt, behandeln zu lassen. »Sie machen nichts falsch, ganz im Gegenteil, sie dienen der Gesellschaft«, beruhigt ihn der verblüffte Spezialist.

Na gut, wenn die Wissenschaft das sagt!

Im Eastlake Police Department arbeiten zu diesem Zeitpunkt dreizehn Beamte, allesamt Streifenpolizisten. Eine Abteilung für Kriminalfälle wäre unnötig: Verbrechen passieren hier äußerst selten, selbst die verbreiteteren Delikte wie Einbruch oder Drogenhandel, ganz zu schweigen von Mord oder Vergewaltigung. Im Sommer ist mehr los als im Winter, ab und zu enden die Alkoholeskapaden der Jugendlichen am Will-O-Way Beach im Streit oder mit körperlichen Nachwirkungen, manchmal kollidieren bei starkem Wellengang zwei Boote. Den Rest des Jahres gibt es den einen oder anderen Autounfall oder Exhibitionisten, oder es wird an der Tankstelle mal ein Sixpack geklaut. Die Journalisten des *News Herald* müssen auf die Clevelander Polizeiakten zurückgreifen, um die Rubrik *Vermischtes* zu füllen. Und wenn dieser Alltagstrott doch mal von einem Mord durchbrochen wird, dann geht es immer um ein Familiendrama, das nach einem Tag gelöst ist, wenn sich der Schuldige nicht direkt selbst der Polizei stellt.

Tom fühlt sich hier sofort wie zu Hause, umso mehr, weil er mit seinem Hüftumfang schon jetzt dem Klischee des Cops auf Donut-Diät entspricht. Trotzdem hätte er nichts gegen ein bisschen mehr Action oder zumindest gegen den einen oder anderen Fall, der ihn als Ermittler herausfordert. 1985 werden seine Wünsche eines Morgens erhört, als am Strand des Sees eine geköpfte Frauenleiche angespült wird. Ein Officer soll von der Streife abgezogen werden, um sich dem Fall voll und ganz zu widmen. Tom meldet sich freiwillig. Er identifiziert das Opfer, eine Frau aus Eastlake, und stellt schnell fest, dass ihr Ehemann, ein Hare-Krishna-Anhänger, seit ihrem Tod verschwunden ist. Der Polizist schreibt unzählige Briefe und telefoniert mit jedem Tempel der New-Age-Bewegung in den USA und darüber hinaus und bittet die Glaubensbrüder des Mörders, ihn auszuliefern, sollte er bei ihnen Zuflucht suchen. Er eröffnet jedes Gespräch und jeden Brief mit: »Ich respektiere Ihre Religion und will sie nicht in den Dreck ziehen. Ich will nur, dass dieser Kerl zur Rechenschaft gezogen wird.«

Die Gemeinden kooperieren und melden, dass der Verdächtige sich in Cleveland aufhält. Dann in Texas. Dann in England, Belgien, Griechenland, Frankreich und dann in New York. Schließlich wird er bei dem Versuch, die kanadische Grenze zu überqueren, festgenommen. Nicht mal das FBI mit all den Mitteln, die ihm zur Verfügung stehen, hätte den Fall besser lösen können als Tom Doyle mit seinem Festnetztelefon und seinem Kugelschreiber. »Besonders clever bin ich nicht«, sagt er über sich selbst. »Aber ich lasse nicht locker.« Der Chef des Eastlake Police Department ist ganz seiner Meinung: Er beschließt, eine Einheit zur Strafverfolgung zu gründen, und setzt Tom Doyle an die Spitze.

+++

Siebzehn Jahre später arbeiten vier Detectives unter Lieutenant Doyle, darunter Chris und Ted, seine »besten Jungs«. Die reibungslose Zusammenarbeit zwischen den Polizisten hat die Barrieren der Hierarchie schnell aufgeweicht. Wenn es darum geht, mit seinen Männern abends noch in der Kneipe zu sitzen, lässt der Boss sich nicht lange bitten. Während so eines nächtlichen Trips hat Doyle sich den Spitznamen Cheeks eingehandelt. Ein anderer Barbesucher bewarf ihn ohne ersichtlichen Grund mit Pommes, woraufhin der Officer, womöglich nach ein paar Bier zu viel, seine Dienstwaffe zog und »ein bisschen Respekt« forderte. Dann schob er die Pistole in die hintere Hosentasche und setzte sich wieder. Dabei löste sich versehentlich ein Schuss und streifte seine Hinterbacke, seine *butt cheek*, ohne aber stecken zu bleiben.

Als die Überreste Joseph Chandlers in den Dover Apartments entdeckt werden, ermittelt die Kriminalpolizei von Eastlake gerade undercover in Kooperation mit dem FBI gegen ein Netzwerk von illegalen Spielhöllen, die in ganz Nordohio aus dem Boden schießen. Unter diesen Umständen hätten die vielbeschäftigten Detectives nicht besonders viel Energie in den Fall des Toten aus Studio D gesteckt – aber aus dem Toten wird nicht mal ein Fall. Nach einer simplen Inaugenscheinnahme bestätigt der Gerichtsmediziner aus Cleveland per Telefon, dass es sich um einen Suizid durch eine Schusswaffe handelt. So traurig es auch sein mag, sich die Kugel zu geben, ist nicht verboten. Gewaltsame Tode interessieren die Polizei nur, wenn ihnen kein Einverständnis vorausgegangen ist. Um auf Nummer sicher zu gehen, tippt Chris Bowersock den Namen des alten Mannes trotzdem ins System ein. Dort findet er seinen vollständigen Namen, Joseph Newton Chandler III, und die Informationen auf seinem Führerschein: dass er am 11. März 1937 in Buffalo, New York, geboren wurde, 1,70 Meter groß und zweiundsiebzig Kilo schwer war, braune Haare und graue Augen hatte. Das Alter, das er geschätzt hatte, stimmt ungefähr, Größe, Gewicht, alles kommt hin. Auf dem Führerschein ist auch ein Foto zu sehen, das der Mann 1999 im Alter von zweiundsechzig Jahren eingereicht hat: ein faltiges Gesicht mit unbewegter Miene, dünnes, weißes Haar, von einem Ohr zum anderen quer über den Schädel gekämmt wie ein Haarreif, runzelige Nase und Lippen, riesige Brillengläser wie bei einer Sicherheitsbrille, eine graue Jacke über einem weißen Hemd, marineblaue Krawatte. Ein vollkommen durchschnittlicher Typ, wäre da nicht dieser seltsame, undefinierbare Blick irgendwo zwischen Überraschung und besorgter Erwartung.

Bevor die Angelegenheit zu den Akten gelegt wird, müssen die Detectives trotzdem die Familie des armen Mannes verständigen, eine letzte Formalität. Joseph Chandler hat auf seinem Dover-Formular zwei Notfallkontakte angegeben.

Erstens Vita, die Verwalterin der Wohnanlage. Die wundert sich: Sie wusste nichts über das Privatleben des Rentners. Und zweitens ein Ehepaar, Mike und Marilyn Onderisin. Chandler hat ihre Adresse und Telefonnummer angegeben und dazu das Wort »Freunde« notiert. Chris Bowersock wählt die Nummer und hinterlässt die traurige Nachricht auf dem Anrufbeantworter. Mr. Onderisin ruft am nächsten Tag zurück und entschuldigt sich: Er war mit seiner Frau im Urlaub in Cape May, dem berühmten Strandort von New Jersey, ab jetzt stünden die beiden den Ermittlern zur Verfügung.

Am 2. August kommt das Ehepaar ins Police Department. Das Gebäude liegt an der Kreuzung zweier viel befahrener Straßen, gegenüber einem Skatepark, auf demselben Gelände wie das Rathaus und die Feuerwehr. Ein Getränkeautomat am Eingang spendet den Besuchern ein wenig Trost, während sie darauf warten, dass die Flügeltüren aufschwingen und den Weg zu den Büros freigeben. Die Onderisins, noch erschüttert wegen der Nachricht vom Tod Joes, wie sie ihn nennen, gehen über den dicken, grauen Teppichboden bis zu Tom Doyles Büro. Der Lieutenant bietet ihnen Stühle an, Chris Bowersock ist auch anwesend.

Schon von der ersten Frage an erinnert das Gespräch, das eigentlich eine harmlose Befragung sein sollte, mehr an ein Verhör. Doyle kann nicht anders, auch wenn er überzeugt ist, dass es sich um einen Selbstmord handelt: Er spricht in dem trockenen und kalten Tonfall eines Mannes, dem man besser die Wahrheit sagt. Eine schlechte Angewohnheit, vor allem gegenüber trauernden Angehörigen oder Freunden, dessen ist er sich bewusst, aber er kommt nicht dagegen an. Ganz automatisch geht er mit jedem Zeugen um wie mit einer *person of interest*, also einer Person, die zwar in diesem Moment nicht verdächtig ist, es aber früher oder später werden könnte. Die Onderisins nehmen diese Nuance nicht wahr. Sie fühlen sich verdächtigt – welcher Tat eigentlich? –, und auch Bowersock behandelt sie nicht gerade zuvorkommend. Vor dem Termin hat der Detective das Ehepaar im System gesucht, einfach nur zur Sicherheit.

Die beiden behalten ihr Unbehagen für sich und machen ihre Zeugenaussage. Mike, einundsechzig Jahre alt, hat Joseph Chandler 1985 bei Lubrizol in Painesville, der Hauptstadt des Countys, kennengelernt. Der amerikanische Chemiegigant produziert dort Öl und andere Schmierstoffe für die industrielle Nutzung. Chandler und Onderisin waren Büronachbarn in der Abteilung Electrical Design und entwarfen Schaltkreise. Chandler war als begnadeter Bastler außerdem in der Lage, bei allen möglichen Pannen in der Fabrik auszuhelfen. Er war ein schweigsamer, zurückhaltender Kollege, ein Einzelgänger. Mike sieht sich selbst als das absolute Gegenteil – am liebsten verbringt er seine freie Zeit mit seinen Kumpels im Baseballstadion – und hatte Mitleid mit ihm. Sie als Freunde zu bezeichnen, sei übertrieben, aber ein bisschen mehr als Kollegen seien sie schon gewesen. Im Laufe der letzten siebzehn Jahre haben die Ondirisins Joseph Chandler zweimal zu sich nach Hause eingeladen, zu einem Abendessen und zu einer Geburtstagsfeier. Seit »Joe« 1997 in Rente gegangen ist, hat Mike ihn mindestens einmal im Jahr angerufen.

Lieutenant Doyle sind diese Details nicht egal, aber vor allem geht es ihm darum, einen Rechtsnachfolger zu identifizieren, der sich um das Begräbnis und das Erbe Chandlers kümmern kann. Was das angeht, erweisen sich die Onderisins als keine große Hilfe: Soweit sie wissen, hatte der Rentner weder Frau noch Kinder. Er hatte erwähnt, dass er mal mit einer Kubanerin verheiratet war, in Florida, wo er damals lebte. Aufgewachsen war er in East Liverpool, hundertachtzig Kilometer südlich von Eastlake, nahe der Grenze zu Pennsylvania. Mehr wissen sie über seine Vergangenheit nicht zu berichten. »Joe« war, was diesen Teil seines Lebens anging, auch nicht gesprächiger als sonst.

Das Gesetz sieht vor, dass das Eigentum eines Verstorbenen, wenn es kein Testament gibt und keine Erben bekannt sind, an den Staat übergeht. Aber Joseph Chandler war nicht so arm, wie seine karge Inneneinrichtung und sein Lesestoff zunächst vermuten ließen. Einer der Schlüssel in seiner Hosentasche gehörte zu einem Auto, das gegenüber dem Apartment geparkt war, ein GMC-Pick-up von 1988 in gutem Zustand, der rund tausend Dollar wert ist. Aber als große Überraschung haben sich vor allem seine vier Konten bei der Bank One erwiesen, auf denen insgesamt achtundfünfzigtausend Dollar liegen. Nicht gerade ein Mann, der kurz vor dem Ruin steht, wie die Polizisten es sich ausgemalt hatten.

Tom Doyle erklärt dem Ehepaar Onderisin, wie sie verhindern könnten, dass dieses Vermögen in den Staatskassen verschwindet. Ein Freund oder Kollege, der Chandler näherstand oder einfach um dessen Andenken besorgt ist, kann sich selbst auf die Suche nach Erben begeben. Er muss dazu nur einen Antrag beim Probate Court, dem Nachlassgericht, stellen, das ihn daraufhin zum Verwalter des Erbes erklären kann. Die Kosten, die durch die Recherchen entstehen, werden unter Aufsicht des Gerichts vom Eigentum des Verstorbenen abgedeckt. Wenn der Verwalter des Erbes einen Rechtsnachfolger findet, bekommt dieser das restliche Geld. Wenn kein Nachfolger ausfindig gemacht werden kann, geht die Hinterlassenschaft an den Staat.

Die Onderisins zögern noch, ob sie diese Verantwortung übernehmen wollen, versichern aber, darüber nachzudenken.

Am 30. August findet im Krematorium in Mentor eine Beerdigungszeremonie im Gedenken an Joseph Chandler statt. Abgesehen vom Pastor tauchen nur Mike und Marilyn auf. Sie tragen auch die Kosten von tausendsechshundert Dollar. Anschließend wird die Urne unter tröstlichem Sommerwetter im Kolumbarium des Friedhofs von Painesville beigesetzt.

Am 13. September füllt Mike Onderisin den Antrag für das Nachlassgericht aus, dem stattgegeben wird.

Für die Suche beauftragt der ehemalige Kollege des Toten den Anwalt James O'Leary, einen Bekannten seiner Frau. O'Leary ist seit sechs Jahren Mitglied der Anwaltskammer von Ohio. Auch wenn er sich auf Erbsachen spezialisiert, ist er, was die Suche nach Rechtsnachfolgern angeht, nicht gerade ein Experte. Als Erstes veröffentlicht er einen Aufruf bei den Kleinanzeigen im *News Herald*. Er zahlt im Voraus für drei Ausgaben.

Liebe unbekannte Erben und Rechtsnachfolger von Joseph N. Chandler, hiermit informiere ich Sie über Chandlers Tod am 24. Juli 2002. Das Nachlassgericht von Painesville hat Mike Onderisin zum Verwalter des Erbes erklärt. Wenn Sie berechtigt sind, das Erbe anzutreten, und von diesem Recht Gebrauch machen möchten, wenden Sie sich bitte ans Gericht.

Am 30. Oktober 2002 erscheint die Anzeige zum ersten Mal. Der Text ist unter einer Werbung für einen innovativen neuen Dienstleister abgedruckt, der online Gebrauchtwagen verkauft, und neben einem Artikel über die zunehmende Verbreitung der DVD, deren Erfolgszug VHS-Kassetten bald überflüssig machen könnte.

Während der Anwalt darauf wartet, dass sich ein Erbe

materialisiert, nimmt er Kontakt zu den Verantwortlichen bei Lubrizol auf, dem ehemaligen Arbeitgeber Chandlers. Er kann nichts Nützliches in Erfahrung bringen, abgesehen davon, dass der Tote 1996 einen Arbeitnehmer-Sparplan über eine Summe von sechzehntausend Dollar unterzeichnet hat. Damit steigt der Wert des Erbes auf insgesamt fünfundsiebzigtausend Dollar. Der Anwalt bekommt Einsicht in die Sparaufstellung und ist verblüfft: Als einzigen Leistungsempfänger hat Chandler das Rote Kreuz angegeben. Der Anwalt informiert das Gericht und übernimmt im Namen seines Klienten die Aufgabe, das Geld an die gemeinnützige Organisation zu überweisen.

Die Anzeigen in der Lokalpresse führen zu nichts. Noch sind keine Erben vom Himmel gefallen, sie müssen also aufgespürt werden. James O'Leary beauftragt damit einen gewissen Mike Lewis, einen fünfunddreißigjährigen Privatdetektiv, dessen Traum, Polizist zu werden, wegen seiner Jugend auf der falschen Seite des Gesetzes geplatzt ist. Dreizehn Jahre lang hat er eine Pizzeria geführt und sich spät umorientiert, aber jetzt kann er, wo er schon keine Uniform trägt, zumindest ermitteln.

Zufällig hat der Detektiv auch schon mal in den Dover Apartments gelebt, als er ungefähr achtzehn Jahre alt war. Er befragt zunächst Mike Onderisin per Telefon, auf der Suche nach einer Spur, der er folgen könnte. Ohne Erfolg. Dann versucht er sein Glück bei einer Onlinedatenbank für zugelassene Detektive, in der die öffentlichen Daten von über zweihundertneunzig Millionen Amerikanern in allen fünfzig Bundesstaaten erfasst sind. Die Seite funktioniert wie eine Suchmaschine: Man tippt einen Vor- und Nachnamen und ein Geburtsdatum ein und bekommt alle den Behörden zur Verfügung stehenden Informationen: Adresse, gegebenenfalls Vorstrafen, Militärdienst, Zwischenfälle mit

Banken. Der Eintrag zu Joseph Chandler ist – abgesehen von seinem Personenstand und seiner Adresse in Eastlake – leer.

Dann geht der Ermittler die Dokumente durch, die die Polizei aus den Dover Apartments mitgenommen und die der Anwalt ihm anvertraut hat. Dort findet er die Liste der Notfallkontakte mit der Nummer der Onderisins und das Anmeldeformular, das Chandler bei seinem Einzug im Oktober 1985 ausgefüllt hat. In seiner charakteristischen Handschrift – leicht windschiefe Großbuchstaben – hat der Mieter auch den Namen und die Adresse seiner Schwester angegeben: Mary R. Wilson, 1823 Center Street in Columbus, der Hauptstadt Ohios. Unter »Telefonnummer« hat er »keine« gekritzelt. Lewis zieht also wieder seine Datenbank zurate: In Columbus wohnt keine Frau namens Mary R. Wilson, auch nicht in der Umgebung. Aber was viel erstaunlicher ist: Die Adresse auf dem Formular ist fiktiv, eine 1823 Center Street existiert in Columbus, Ohio, nicht.

Der Detective will sich das mit eigenen Augen anschauen. Vielleicht gibt es ja einen Fehler in der Datenbank, und Columbus liegt nur drei Autostunden von Lake County entfernt. Vor Ort findet er zwar eine Center Street, aber das letzte Haus der Straße trägt die Nummer 1124. Mike Lewis wandert mit dem Foto von Joseph Chandlers Führerschein durch die Nachbarschaft, in der Hoffnung, bei irgendjemandem Erinnerungen wachzurufen. Aber der Name Mary R. Wilson ist den Anwohnern unbekannt, und das Gesicht auf dem Foto hat niemand in der Gegend je gesehen.

Als der Privatdetektiv den Auftrag angenommen hat, ist er davon ausgegangen, die Sache wäre mit einem halben Arbeitstag erledigt. Inzwischen erscheint ihm sein Kostenvoranschlag von tausendachthundert Dollar aber doch ganz schön knapp bemessen. Zurück am Schreibtisch versucht er es mit einer anderen Herangehensweise. Ein Anruf beim Standesamt in Buffalo City, und schon hat er die Geburtsurkunde Chandlers vorliegen. Geburtsurkunden sind öffentliche Dokumente. Joseph ist der Sohn von Ellen Chandler, Mädchenname Kaaber, geboren in Morton, Pennsylvania, und von Joseph Newton Chandler II, geboren in Weatherford, Texas. Lewis zieht eine Liste aller Chandlers in Weatherford und Umgebung aus seiner Datenbank und ruft einen nach dem anderen an, in der Hoffnung, auf ein Familienmitglied zu stoßen. Ein gewisser Danny Chandler, fünfzig Jahre alt, fällt durch sein seltsames Verhalten auf. Er sagt, er habe keinerlei verwandtschaftliche Beziehung zu diesem Joseph Chandler, und legt dann abrupt auf. Aber der Detektiv hat ihm noch seine Telefonnummer durchgegeben, und tatsächlich ruft Danny einen Monat später zurück. Er hat Stammbaumforschung betrieben und herausgefunden, dass es in seiner Familie väterlicherseits einen Joseph Newton Chandler II gab. Bei dem Selbstmörder aus Eastlake könnte es sich also, auch wenn er noch nie von ihm gehört hat, um einen Cousin handeln. Als Lewis erklärt, das Ziel seiner Recherchen sei es, einen Erben zu finden, antwortet Danny, er wisse schon, worum es gehe. Dann legt er wieder auf und reagiert nicht mehr auf weitere Kontaktversuche.

Am 15. April 2003, nach fünf Monaten vergeblicher Arbeit, überreicht Mike Lewis dem Anwalt O'Leary seinen Schlussbericht über die Suche nach Chandlers Angehörigen. Er erwähnt darin seine seltsamen Gespräche mit Danny Chandler und seine Überzeugung, dass dieser irgendwie mit dem pensionierten Einzelgänger in Verbindung gestanden haben muss. Beweisen kann er das allerdings nicht. Obwohl er an dem Auftrag gescheitert sei, schreibt Lewis, halte er angesichts der Zeit und Mühe, die er in seine Recherchen gesteckt habe, einen Zuschuss von vierhundert Dollar für angemessen. Was er nicht weiß: Zum selben Zeitpunkt hat ein anderer, still und heimlich beauftragter Privatdetektiv das Rätsel gelöst. Und damit den unglaublichsten Fall seiner Karriere aufgedeckt.

3

Eigentlich hätte Larry Morrow seine Nase nicht in die Akte Chandler stecken dürfen. Als einfacher Privatdetektiv darf er gar nicht mit der Suche nach einem Erben betraut werden. Nur vom Gericht ordnungsgemäß zugelassene Anwälte können von einem Richter bestimmt werden, den Verwalter – in diesem Fall Mike Onderisin, den ehemaligen Kollegen des Verstorbenen – bei seinen Recherchen zu unterstützen. Als Judge Ted Klammer Larry im Herbst 2002 anruft, beweist er also eine gewisse Flexibilität, was die Regeln angeht, ohne aber streng genommen das Gesetz zu brechen. »Wir haben gerade eine Akte bekommen, in die du mal reinschauen solltest«, lässt er wie beiläufig fallen.

Der Richter hat zwei gute Gründe, dem Privatdetektiv diesen Tipp zu stecken: Erstens sind die beiden Kindheitsfreunde, und zweitens gilt Larry Morrow, achtundfünfzig Jahre alt, als einer der erfahrensten und angesehensten Detektive der USA, wenn es darum geht, Erben ausfindig zu machen. Er hat einen buschigen Schnauzbart und einen lüsternen Blick à la Burt Reynolds. Erfunden hat er das Geschäft nicht, aber er hat es perfektioniert wie niemand zuvor. Das Prinzip ist kinderleicht. Wenn der Inhaber eines Bankkontos stirbt und keine Angehörigen bekannt sind, spürt Morrow einen Erben auf und verschafft ihm Zugang zu dem Geld, minus dreißig Prozent Provision. Abgesehen von der Recherche selbst besteht die größte Herausforderung der Arbeit – in einem Land, in dem das Geld heiliger ist als die Toten – darin, sich bei dem Deal rechtlich abzusichern. Larry, der aus einer Familie von Fließbandarbeitern stammt und die Schule ohne Abschluss verlassen hat, hat zwei Jahre gebraucht, um seinem Vertrag den letzten Schliff zu geben und die ersten Dollar einzustreichen.

Seit über dreißig Jahren beginnt Larry seinen Tag morgens mit einer Zeitung, die rechtliche Bekanntmachungen veröffentlicht. Er geht die gerade frisch eröffneten Fälle von herrenlosem Vermögen des Painesville Probate Court durch und stürzt sich dann auf die potenziell lukrativsten davon. Seine Ermittlungen haben ihn schon in alle fünfzig Bundesstaaten geführt sowie nach Deutschland, England und Frankreich. Um einen lückenhaften Stammbaum zu vervollständigen, kann er auf der Suche nach einem Todesdatum oder einem Mädchennamen stundenlang durch die Grabreihen eines verlassenen Friedhofs wandern. Seine besten Provisionen haben die Hunderttausend-Dollar-Marke geknackt, und auf dem Höhepunkt seiner Karriere in den Achtzigern beschäftigte er in seinem zweistöckigen Büro vier Angestellte und reiste im Privatjet. Seither ist die Konkurrenz immer härter geworden, aber Larry Morrow hat weder etwas von seinem Know-how eingebüßt noch von seiner immer neuen Freude an einem Geheimnis, das nur darauf wartet, aufgedeckt zu werden.

Nach seinem Gespräch mit Judge Klammer begibt sich der erfahrene Detektiv ohne Umschweife zum Gericht und informiert sich über die Einzelheiten des Falls. Die passen alle auf ein dreiseitiges Formular, ausgefüllt von Mike Onderisin, der sich als Erbschaftsverwalter des verstorbenen Joseph Chandler vorschlägt. Abgesehen von dem Vermerk »keine Erben« und dem Familienstand des Verstorbenen, den er sich notiert, zieht eine einzige Information die Aufmerksamkeit des Detektivs auf sich: der Gesamtwert der Erbschaft von beinahe achtzigtausend Dollar. Eine ordentliche kleine Summe.

Morrow geht vor wie immer: Zuerst forscht er in den Eintragungen des Standesamts des Countys nach. Daraus ergibt sich nichts Nützliches über diesen Chandler. Nicht einmal einen anderen Einwohner mit demselben Nachnamen findet er. Dann fordert er, genau wie Mike Lewis ein paar Kilometer weiter, die Geburtsurkunde des Rentners an. Im Gegensatz zu seinem Kollegen entschließt er sich aber, der Spur der Mutter nachzugehen, um Angehörige aufzuspüren. Eine Frage von Wahrscheinlichkeiten: Kaaber, ihr Mädchenname, ist nicht sehr verbreitet, deshalb ist die Chance geringer, auf Namensvettern ohne Verbindung mit dem Verstorbenen zu stoßen. Mithilfe seiner professionellen Datenbank durchforstet er alle fünfzig Bundesstaaten und findet eine erste Übereinstimmung: eine alte Dame namens Kaaber, geboren in New York, genau wie Joseph Chandler. Inzwischen lebt sie an der gegenüberliegenden Küste, in Riverside County, im Umland von Los Angeles. Um schneller agieren zu können, zieht Larry seinen alten Kumpan Dave Franklin hinzu, um die Spur zu überprüfen.

Die beiden Erbschaftsdetektive kennen sich seit zwanzig Jahren. In L.A. hat Dave Franklins Name in der Branche Gewicht. Ein Hollywood-Produzent hat den Will-Ferrell-Doppelgänger sogar schon mal für ein Filmprojekt kontaktiert, das lose von seinem spannenden Beruf inspiriert war. Franklin willigte ein, das Drehbuch zu lesen und auf Glaubwürdigkeit zu überprüfen. Während der Dreharbeiten bekommt er den Titel »Technical Consultant« verliehen. Das Ergebnis, eine Komödie mit dem Titel *Nickel and Dime*, erscheint 1992, wird von der Kritik verrissen und nur achtundvierzig Stunden lang gespielt. In dem Kinosaal, in dem Dave sich die Katastrophe mit eigenen Augen anschaut, sitzt nur ein einziger anderer Zuschauer. Als die Lichter wieder angehen, kann der Detektiv nicht widerstehen und fragt den Mann, was er hier verloren hat: »Tauchen Sie etwa auch im Abspann auf?«

Jegliches Expertenwissen, das zum Verhalten gegenüber möglichen Erben überhaupt verfügbar ist, hat der Kalifornier sich angeeignet. Die erste Regel: Gib dich niemals als Privatdetektiv zu erkennen. Das macht die Leute nervös. Am besten sagst du einfach gar nichts, und wenn der Druck zu groß wird, gibst du an, »Nachforschungen in Erbfragen« zu betreiben. Deshalb trägt Franklins Büro auch den wenig aussagekräftigen Namen Equity Title Search, und die Illustration einer Lupe, die seine ersten Visitenkarten zierte, lässt er inzwischen längst weg. Ein Erstkontakt per Telefon ist wünschenswert, um sicherzugehen, dass die Zielperson nicht schon von einem Kollegen anvisiert wurde. So sparst du dir unnötige Wege. Außerdem solltest du deine Fragen so offen formulieren wie möglich. Dein Ziel muss sein, dass dein Gegenüber die Verbindung zum Verstorbenen entweder selbst zieht oder aber bestätigt, dass keinerlei Verbindung besteht, ohne dass du deine Motive enthüllen musst.

Der Anruf bei Mrs. Kaaber ist in dieser Hinsicht nichts Besonderes. Der Detektiv tätigt ihn von seinem Büro aus, einem Anbau im Garten seines Hauses im historischen Viertel Hancock Park. Als Dave den Hörer abnimmt, liegen ihm Larrys Informationen vor. Die Spur scheint solide. Eine Sache von ein oder zwei Minuten.

»Hallo?«

Die gedämpfte Stimme am anderen Ende der Leitung passt zum hohen Alter seiner Gesprächspartnerin.

»Guten Tag, hier spricht Dave Franklin. Ich bin auf der Suche nach Angehörigen der Familie Kaaber.«

»Ja? Ich heiße tatsächlich Kaaber.«

In ihrer Stimme schwingt Neugier mit. Damit ist der schwerste Schritt getan. Der Ermittler bittet die Dame, ihren Stammbaum nachzuzeichnen, und unterbricht sie, als der Vorname Ellen fällt.

»Wer war Ellen?«

»Meine Tante.«

»War sie verheiratet?«

»Ja, mit Joseph Newton Chandler II. Sie hatten einen Sohn, den sie ebenfalls Joseph Newton nannten. Joseph Newton Chandler III.«

»Der Sohn ist demnach Ihr Cousin?«

»War.«

Mist. Sie weiß schon Bescheid. Das war's dann mit der Provision.

»Sie wurden also schon über seinen Suizid informiert?«

»Suizid? Joe ist 1945 im Alter von acht Jahren gestorben.«

+++

Mit diesen Neuigkeiten aus Kalifornien hat Larry Morrow nicht gerechnet. Die Hypothese, dass es sich um einen Zufall handeln könnte, verwirft er schnell. Dafür sind die Indizien, die Joseph Chandler mit der alten Dame in Riverside verbinden, zu eindeutig. Bleibt also nur noch eine logische Erklärung: Der Einsiedler von Eastlake, der tot in seinem Badezimmer aufgefunden wurde, muss eine falsche Identität angenommen haben.

Um sich Klarheit zu verschaffen, ruft Larry bei der Bibliothek in Sherman, Texas, an. Mrs. Kaabers Bericht zufolge ist ihr kleiner Cousin, der wahre Joe Chandler, in dieser

Kleinstadt in Nordtexas ums Leben gekommen, bei einem Autounfall vor siebenundfünfzig Jahren. Die Tragödie müsse sich am Vorabend von Weihnachten ereignet haben, oder etwas früher, erinnert sie sich. Eine Bibliotheksangestellte erklärt sich bereit, die Pressearchive des Countys zu durchforsten. Und tatsächlich: In der Lokalzeitung findet sie eine Meldung, die zu dem Fall passt.

Am Abend des 21. Dezember 1945 waren Joseph Newton Chandler II, vierundvierzig Jahre alt, seine Frau Ellen Chandler, geborene Kaaber, dreiunddreißig Jahre alt, und ihr Sohn Joseph Newton Chandler III, acht Jahre alt, in ihrer Buick-Limousine auf einer Landstraße von West Dallas kommend unterwegs. Der Vater, der als Vertreter für den Autohersteller tätig ist, sitzt am Steuer des mit Geschenken vollgestopften Wagens. Die Chandlers wollen die Feiertage nicht an ihrem Wohnort in Tulsa, Oklahoma, verbringen, sondern fahren wie jedes Jahr zu Joes Großmutter väterlicherseits nach Weatherford, Texas, in die Heimatstadt der Chandlers. Die Nacht ist klar, die Straße kaum befahren. Ein Paar Scheinwerfer taucht am Horizont auf: Ein riesiger Lastwagen, beladen mit Baumstämmen, kommt ihnen entgegen. Ein paar Sekunden bevor die beiden Fahrzeuge einander passieren, schert der Lastwagen über die Mittellinie aus. Dem Fahrer bleibt keine Zeit, das Steuer herumzureißen, es kommt zu einem frontalen Zusammenstoß. Es ist, als würde ein Zug bei Höchstgeschwindigkeit ein Mofa erfassen: Der Buick wird zerfetzt, die Chandlers sterben auf der Stelle. Der Fahrer des Trucks und der Freund, der neben ihm im Führerhaus sitzt, bleiben unversehrt.

Von den tausend Fragen, die Larry in den Sinn kommen, drängen sich zwei ganz besonders auf: Seit wann lebte der alte Mann mit dieser gestohlenen Identität? Und wie hatte er es geschafft, sich diese anzueignen? Der Privatdetektiv ermittelt weiter und lässt sich eine Sterbeurkunde des Rentners aushändigen, darauf ist die Sozialversicherungsnummer verzeichnet. In den USA werden diese Nummer und der Sozialversicherungsausweis Menschen im arbeitsfähigen Alter auf Nachfrage ausgestellt, also frühestens mit sechzehn oder siebzehn Jahren. Larry kontaktiert die nationale Behörde, die für die Sozialversicherung zuständig ist, und bittet um eine Kopie von Chandlers Antrag. Jackpot: Das Formular wurde am 25. September 1978 in einer Zweigstelle in Rapid City, South Dakota, eingereicht. Und die persönlichen Angaben stimmen eins zu eins mit denen des 1945 verstorbenen Jungen überein, einschließlich der Namen und Geburtsorte seiner Eltern.

Es besteht also kein Zweifel mehr.

Ein anderer hat das Leben, das dem kleinen Joseph Chandler so früh entrissen wurde, an seiner Stelle weitergeführt.

TEIL 2

1823 Center Street

4

Fuck me, fuck me, fuck me running.«

Bevor Tom Doyle zu einer guten Geschichte oder einer lustigen Anekdote ansetzt, grinst er genüsslich. Schon vor dem ersten Satz freut er sich auf die Pointe. Wenn er eine wichtige Info zu verkünden hat, etwas, das dich vom Hocker hauen wird, tigert er ewig im Kreis, schüttelt den Kopf, als könnte er es selbst kaum glauben, und wiederholt immer wieder: *»Fuck me, fuck me, fuck me running.«*

Es ist Zeit für das morgendliche Briefing. Der Lieutenant hat Chris Bowersock, Ted Kroczak und seine anderen Detectives im Besprechungszimmer vor dem großen Whiteboard versammelt. Allen ist klar: Es kann heute dauern, bis sie ihre Aufgaben für den Tag zugeteilt bekommen.

»Ihr werdet es nicht glauben, Jungs.« Am Vorabend habe Tom einen Anruf von Judge Klammer bekommen, erzählt er. Das ist an sich schon ungewöhnlich, eigentlich müsste der Jurist gemäß der Hierarchie erst mal den Chief kontaktieren. Aber die Sache sei dringend gewesen. In Klammers Büro am Gericht habe auch ein gewisser Larry Morrow gesessen, ein Privatdetektiv, der auf die Recherche von Erbfolgen spezialisiert sei und sich mit dem Fall Chandler befasst habe. Und der behaupte, der Typ aus den Dover Apartments habe unter einer falschen Identität gelebt. Und zwar nicht erst seit zwei Wochen. Seit vierundzwanzig Jahren.

»Aber wer war er wirklich?«, hakt Chris nach.

»Das versuchen wir jetzt herauszufinden«, schließt Tom.

+++

Lieutenant Doyles erster Schritt besteht darin zu überprüfen, ob der falsche Joseph Chandler im WITSEC-Programm war. Im Rahmen des Witness Security Program, des nationalen Zeugenschutzprogramms, werden neue Identitäten an Aussteiger aus dem organisierten Verbrechen vergeben, wenn sie im Gegenzug ausführlich gegen ihre Ex-Komplizen aussagen. Die Entscheidung, ob ein Zeuge für diesen Deal infrage kommt, trifft der Justizminister, aber für die Umsetzung sind die U.S. Marshals zuständig, deren Alltagsgeschäft darin besteht, Flüchtige aufzuspüren und Häftlinge zu eskortieren. Tom Doyle ruft Peter Elliott an, der gerade erst zum U.S. Marshal für den Bezirk Nordohio ernannt wurde. Die beiden kennen sich seit Anfang der neunziger Jahre. Tom war damals Streifenpolizist in Eastlake, Peter hatte gerade als Ermittler bei der örtlichen ATF-Zweigstelle angefangen – der nationalen Behörde, die für den Kampf gegen Waffen- und Sprengstoffhandel zuständig ist. Die Metropolregion Cleveland ist eine Zwerggalaxie: Früher oder später müssen Justiz und Polizei kooperieren, und daraus entstehen langfristige Beziehungen. Eine schnelle Recherche bestätigt, dass der Name Chandler im WITSEC-Programm nie vergeben wurde.

Nachdem diese Möglichkeit ausgeschlossen ist, streckt der Cop seine Fühler in alle möglichen Richtungen. Der erste – und in Bezug auf Ressourcen und Energie sparsamste – Schritt: die Presse kontaktieren. Doyle gibt dem *News Herald* ein Interview, dann der Clevelander Tageszeitung *Plain Dealer*, die von hunderttausend Menschen gelesen wird. Die Schlagzeile auf der Titelseite – »Wer ist dieser Mann wirklich?« – und das Foto von Chandlers Führerschein wecken wiederum die Aufmerksamkeit der landesweiten Medien, einschließlich einiger Fernsehsender, die Reporterteams nach Eastlake schicken, um über die Jagd nach dem Phantom zu berichten. Die Lokalzeitung aus Rapid City, wo der mysteriöse Fremde seinen Sozialversicherungsausweis beantragt hat, wo sein zweites Leben also begann, druckt, um mögliche Erinnerungen bei der Leserschaft wachzurufen, sogar ein digital verjüngtes Porträt des Rentners ab, das darstellen soll, wie der Mann 1978 ausgesehen haben könnte. Sogar über den Atlantik schafft es die Story. Tom Doyle wird bei der BBC London live geschaltet, um von den Ermittlungen zu berichten. »Jedes Mal, wenn eine Zeitung oder ein Fernsehsender die Sache weiterverbreitet, wächst unsere Chance, den Fall zu lösen«, erklärt der Lieutenant einem Reporter des *Plain Dealer*. »Ich habe zwar so meine Zweifel, dass wir in England auf eine ergiebige Spur stoßen, aber man weiß ja nie.«

Im Sommer 2003 beginnt die zweite, technischere Phase der Ermittlungen. Alle Beweisstücke, die im Studio D gesichert wurden, werden wieder hervorgekramt und analysiert. Die Liste von Gegenständen, die im Keller des Police Department eingelagert waren, umfasst: den Revolver mit der Fünf-Schuss-Trommel und die vier Kugeln, die darin übrig geblieben sind, das Holster der Waffe, die Plastiktüte mit den fünfzehn Patronenhülsen von einer Kaliber .38, das knappe Dutzend Karten aus dem Portemonnaie – Organspendeausweis, Bibliotheksausweis, Autoversicherung und so weiter –, den Schlüsselbund mit den sieben Schlüsseln aus der Hosentasche des Toten, die Brille mit den dicken, gewölbten Gläsern, den Kalender, die Seiko-SQ-Armbanduhr – eines der ersten japanischen Modelle mit Quarz-Uhrwerk, ein Symbol für Fortschritt und Hightech. Dazu kommen die beiden Bücher, die so auffällig auf dem Schreibtisch platziert waren, dass Lou, der Kriminaltechniker, sofort einen Abschiedsbrief darin vermutete. Diese Hoffnung erwies sich aber als falsch. Und zu guter Letzt der Mini-Safe: Die Ermittler spekulieren darauf, dass er ein solides Indiz enthält, einen Schlüssel zur Lösung des Mysteriums, aber als sie das Schloss geknackt haben, stoßen sie nur auf Bankauszüge, Scheckhefte und andere belanglose Papiere und Schnickschnack.

Auf Tom Doyles Anweisung hin werden alle Beweisstücke nacheinander in das Kriminallabor des Countys gebracht und auf Fingerabdrücke untersucht. Angesichts der Menge an Material fiebert der Lieutenant den Ergebnissen mit hohen Erwartungen entgegen.

Auf keinem der Gegenstände wird auch nur das Fitzelchen eines Fingerabdrucks gefunden.

Bleibt noch eine letzte Hoffnung: nämlich, dass der alte GMC-Pick-up etwas enthüllen könnte. Seit dem Fund der Leiche steht das Fahrzeug auf einem städtischen Abstellplatz und wartet auf das Okay zur Verschrottung. Dass der Besitzer nirgends im oder am Auto einen Fingerabdruck hinterlassen hat, scheint praktisch unmöglich. Lou baut den Aschenbecher aus dem Armaturenbrett aus, um ihn separat im Labor analysieren zu lassen. Genau wie Doyle findet er es auffällig, dass er vor Kippen überquillt, obwohl niemand Chandler je rauchen gesehen hat. Dann wird das Fahrzeuginnere mit Superglue-Dämpfen eingesprüht, Cyanoacylat-Rauchbomben, die Fingerabdrücke innerhalb von dreißig Minuten sichtbar machen.

Nicht ein einziger Abdruck taucht auf.

Als hätte der Rentner zumindest die letzten Monate vor seinem Suizid von morgens bis abends Handschuhe getragen.

Anfang 2005, nach zwei Ermittlungsjahren, haben die Polizisten für ihre Mühen nichts vorzuweisen außer einer

Handvoll Briefen von ein paar Knallköpfen, die glauben, auf Joseph Chandlers Foto einen verlorenen Sohn oder Schwager erkannt zu haben oder sogar, noch skurriler, die Gesichtszüge des unauffindbaren und mysteriösen Zodiac-Killers. Tom Doyle hat das Gefühl, im Verhältnis zur Wichtigkeit des Falls einen angemessenen Aufwand investiert zu haben, und hat die Sache langsam abkühlen lassen. Der fatale Fehler ist längst geschehen und nicht rückgängig zu machen: Der Tote wurde zur Einäscherung freigegeben, ohne dass eine DNA-Probe entnommen wurde. 2002, als man die Leiche fand, steckte die DNA-Analyse noch in den Kinderschuhen und hatte noch nicht in jeder Polizeiroutine Einzug gehalten. Außerdem hätte sich ja niemand ausmalen können, wie die Situation sich entwickeln würde.

Am 15. Januar 2008 legt das Nachlassgericht den Fall Chandler offiziell ad acta und beendet die Suche nach Erben. Von den sechzigtausend Dollar, die dem Verstorbenen gehört haben, hat das Gericht fünfzigtausend für die Ermittlungen ausgegeben. Die restlichen zehntausend Dollar wandern in die Staatskasse, wie das Gesetz es vorsieht.

Als Lieutenant Doyle 2011 pensioniert wird, blickt er auf eine größtenteils erfüllte Karriere zurück und betrachtet den Fall Chandler deshalb nicht als Niederlage. Sein Antrieb war immer der Wunsch nach Gerechtigkeit, und das Geheimnis des Rentners, so faszinierend es auch sein mag, hat keine Opfer gefordert.

+++

Aber nicht jeder teilt diesbezüglich Tom Doyles Standpunkt: Peter Elliott, der leitende U.S. Marshal des Bezirks, sieht die Sache anders. Genauer gesagt findet er Doyles Schlüsse voreilig: Wie kann man davon ausgehen, dass eine

Person niemandem unrecht getan hat, solange ihre Identität unbekannt ist?

Am 8. April 2014 betritt Elliott das bescheidene Eastlake Police Department. Seit er zwölf Jahre zuvor von George W. Bush eingesetzt wurde, taucht er hier zum ersten Mal persönlich auf. »Wir wollen ein Auge auf die Akte werfen, vielleicht können wir behilflich sein«, hat er dem Chief vor seinem Besuch erklärt – eine höfliche Art auszudrücken, dass er die Ermittlungen über den namenlosen Rentner unter dem Dach seiner eigenen Behörde wissen möchte. Vor Kurzem hat der Marshal eine Spezialeinheit für *cold cases* ins Leben gerufen. Er erklärt den Detectives, die sich im Besprechungszimmer versammelt haben, sein Gefühl sage ihm, dass hinter dieser seltsamen Angelegenheit ein noch viel größeres Mysterium stecken müsse, ein bedeutsameres Rätsel, das verdiene, entschlüsselt zu werden. Kein Mensch nimmt mitten im Laufe seines Lebens einfach zum Spaß eine neue Identität an. Niemand würde sich grundlos so viel Mühe geben, seine Vergangenheit so zu verschleiern, dass nicht einmal der Tod sie ans Licht bringt.

Es muss ein Geheimnis geben, das das Phantom um jeden Preis mit ins Grab nehmen wollte, indem es seine alte Identität aus der Geschichtsschreibung zu tilgen versuchte.

5

Mitgezählt hat Kathleen nicht, aber im Laufe der sechs Jahre, die sie als stellvertretende Leiterin der Dover Apartments tätig war, muss sie über zweihundert Wohnungsübergabeprotokolle ausgefüllt haben. Völlig unmöglich, sich an jeden Mieter zu erinnern, und trotzdem ist dieser Joseph Chandler ihr irgendwie in einem Winkel des Gedächtnisses geblieben. Er hatte die Annonce in der Zeitung gesehen und die Verwaltung per Telefon kontaktiert. Das Prozedere sah vor, dass der Mieter den Vertrag am Einzugstag unterzeichnen sollte. Dem Anmeldeformular zufolge, das Chandler einige Tage zuvor ausgefüllt hatte, war er achtundvierzig Jahre alt und ledig. Er schien aus der Gegend zu stammen, denn er gab an, seit einer Woche im Knights Inn zu wohnen, einem günstigen Motel in der Nähe. Um jeglichen Verdacht der Diskriminierung im Auswahlverfahren zu vermeiden, wurden die Formulare zur Prüfung einer Drittpartei übermittelt. Sie kamen mit dem Urteil »positiv« zurück, trotz eines kleinen Vorbehalts: Der Mann hatte einen niedrigen *credit score*, was auf eine bewegte finanzielle Vergangenheit hindeutete. Für einen Angestellten bei Lubrizol, der nach eigenen Angaben 17,75 Dollar die Stunde verdiente, schien das ungewöhnlich. Das entsprach damals mehr als dem Fünffachen des nationalen Mindestlohns.

Am 22. Oktober 1985 überreichte Kathleen dem neuen Mieter nach der Vertragsunterzeichnung den Schlüssel für Studio D und begleitete ihn zu seinem neuen Zuhause. Gemeinhin gilt die Bestandsaufnahme einer Wohnung beim Einzug nicht als feierliches Ereignis, aber Mr. Chandler hatte sich schick gekleidet: dunkle Hose, blütenreines weißes Hemd. Er war durchschnittlich groß, das Haar schon ergraut, aber was der Mitarbeiterin vor allem auffiel, war seine ausgesprochene Schweigsamkeit. Während der gesamten Besichtigung sagte er kein Wort. Die meisten Mieter sind neugierig auf ihre neue Umgebung, selbst die stillsten stellen normalerweise mindestens eine Frage: Steht den Bewohnern ein Trockner zur Verfügung? Wie funktioniert die Heizung? Wo kann man in der Gegend gut Pizza essen? Was auch immer. Die Wohnungstour dauerte normalerweise eine gute Stunde. In dem Fall war es kaum die Hälfte, sicher ein Rekord, vermutet Kathleen. Sie fühlte sich in Chandlers Anwesenheit nicht unbedingt unwohl oder verängstigt, aber wie man sich vorstellen kann, verunsicherte es sie, dreißig Minuten lang pausenlos sprechen zu müssen, während ihr Gegenüber den Mund kein einziges Mal aufmachte.

Während der darauffolgenden siebzehn Jahre trat Chandler nicht mit seinen Nachbarn oder Nachbarinnen in Kontakt. Niemand bekam je mit, dass er Besuch hatte, weder von einem Mann noch von einer Frau oder einem Kind. Er verließ seine Wohnung, um zur Arbeit zu gehen und um bei Nick's zu frühstücken, einem Familienbetrieb nur fünfhundert Meter weiter in Richtung See, dessen Wände über und über mit Fotografien von Segelbooten behängt sind. Nachdem er 1997 in Rente ging, kam er gar nicht mehr aus seinem Studio, außer für seinen täglichen einstündigen Spaziergang über das Gelände, den er entweder am späten Vormittag oder am frühen Nachmittag antrat. Stets ordentlich gekleidet, Hemd und Hose nie zerknittert, flanierte der alte Mann mechanischen Schrittes im Schatten der Ulmen, den Blick immer geradeaus gerichtet, unbeteiligt gegenüber der Welt um ihn herum.

Der einzige Bewohner von Dover, der seine Stimme überhaupt ab und zu hörte, war Jeffrey Offak, der Service Manager. Jeffrey ging nicht nur tagein, tagaus mit seinem Werkzeugkoffer die baumgesäumten Wege entlang, er wohnte auch in einer Dienstwohnung auf dem Gelände. Zwischen dem regen Kommen und Gehen der meisten Mieter stellte er eine Konstante dar. Wenn er Joseph Chandler begegnete, hob er die Hand und sagte: »Tag!« Der Mann erwiderte den Gruß.

Tauchte Chandler in Jeffs Büro auf, waren die Gespräche kaum lebendiger. Das kam zwei- oder dreimal im Jahr vor, meist bei schönem Wetter. Dann beschwerte sich der Mieter, seine Wohnung werde von Flöhen überrannt, jemand müsse vorbeikommen und alles reinigen. Seine Stimmlage verriet keinerlei Zorn, es war eine reine Feststellung. »Schauen Sie, ich bin voller Bisse.« Er streckte seine Arme aus, die Stimme kaum lauter als ein Murmeln. Offak betrachtete die Haut unter den hochgeschobenen Ärmeln eingehend, konnte aber nicht die geringste Bissspur darauf erkennen. »Ich kümmere mich drum«, versicherte er trotzdem. Die ersten Male sprühte er das Studio dann gewissenhaft ein, aber Chandler kam trotzdem kurz darauf mit derselben Beschwerde wieder. Mit der Zeit ließ Jeff die Sache einfach auf sich beruhen, auch wenn er versprochen hatte, sich ihrer anzunehmen. Kein einziges Mal musste er sich deswegen Vorwürfe anhören.

Im Nachhinein erscheint Dover wie das perfekte Basislager, um sich eine heimliche Existenz aufzubauen. Die Fluktuation in den zweihundertneunundzwanzig Wohneinheiten ist zu hoch, als dass je ein Gemeinschaftsgefühl entstehen würde. Die Anlage befindet sich neben einer Schnellstraße, man hält hier nicht an, außer vielleicht, man hat eine Panne. Der Lake Erie ist in der Nähe, aber nicht so nah, dass man hier verirrten Seglern über den Weg laufen würde. Das Police Department ist sechshundert Meter entfernt, nicht mehr in Sichtweite, aber eben so dicht, dass die Detectives hier zehnmal täglich vorbeifahren und der Wohnanlage deshalb gar keine Beachtung mehr schenken.

Auch die Wahl der Stadt scheint kein purer Zufall zu sein. Schon allein ihre Geographie ist der Anonymität zuträglich. Eastlake schmiegt sich halbmondförmig an den Lake Erie und wird durch einen Jachthafen zweigeteilt. Die beiden Teile der Gemeinde sind praktisch hermetisch voneinander abgeriegelt, man kommt kaum mal aus dem jeweiligen Viertel raus. Eine richtige Innenstadt – samt dem Klatsch und Tratsch, der dort ausgetauscht wird – gibt es nicht. Bis zur nächstgelegenen Shoppingmeile in Willoughby muss man vier Kilometer zurücklegen. Man ist hier nicht wirklich in der Stadt – wo man alles mitbekommt –, aber auch nicht richtig auf dem Land – wo jeder jeden kennt. Richtung Westen fährt man zwanzig Minuten auf der Interstate 90 bis nach Cleveland, und in die andere Richtung dauert es ebenso lang, bis man die ersten *barns* aus dem Boden schießen sieht, rot gestrichene Holzscheunen, die so charakteristisch sind für die Felder Ohios und für Horrorfilme mit ländlichem Setting.

Außerdem ist es in einer Stadt, die immer im toten Winkel der Geschichte verborgen lag, einfacher, vergessen zu werden. Jede amerikanische Stadt hält irgendeinen Rekord, meist in Verbindung mit ihrer Vergangenheit. Eastlake hatte keinen Rekord vorzuweisen, also wurde einer geschaffen: Vor dem Rathaus wurden in einer langen Reihe fünfhundert amerikanische Flaggen gehisst, die größte Sammlung ihrer Art. Während Cleveland sich zur Serviceökonomie entwickelt hat, ist Eastlake seiner industriellen Prägung, symbolisiert durch das Kohlekraftwerk am Ufer des Sees, treu geblieben. Das Werk steht mit dem Fuß im Wasser, sein hundertachtzig Meter hoher Schornstein erinnert an einen alten, rostigen Leuchtturm. Die Häuser und Autos in der Gegend sind immerzu von der feinen Asche bedeckt, die das Kraftwerk aushustet, und ständig hängt ein Geruch in der Luft, als würde jemand einen großen Grill anheizen. Im Winter wird der Effekt besonders deutlich sichtbar, wenn sich über die weiße Schneedecke noch ein dunkler Mantel aus Teer legt. Die Anwohner haben sich damit arrangiert: Der Betreiber reinigt die Straßen mehrmals im Jahr, und man darf auch nicht vergessen, dass das Kraftwerk der größte Arbeitgeber der Stadt ist, mit dreihundertfünfzig Arbeitern, die sehr viel besser bezahlt und behandelt werden als ihre Vorfahren. Und außerdem hat man es der Kohlesteuer zu verdanken, dass die Highschool an einen Collegecampus erinnert und die Steuern hier so niedrig sind.

Eastlake ist ein außergewöhnliches Städtchen, das Vorzeigebeispiel eines Amerika, das durch sein Wirtschaftswachstum von der Arbeiterklasse in die Mittelschicht aufgestiegen ist, seine proletarischen Wurzeln aber nicht verleugnet. Ein Amerika, dass seinen Pick-up im Halteverbot stehen und den Motor laufen lässt, während es sich ein Päckchen Kaugummi und eine Schachtel Marlboro holt. Ein Amerika, in dem nur auf die Treppen hingewiesen wird, weil der Fahrstuhl mal wieder kaputt ist. Das Amerika der Tante-Emma-Läden, in denen das Bon-Jovi-Best-of rauf und runter gespielt und der Bestand an Wasserflaschen in die hinterste Ecke des Kühlschranks verbannt wird. Das Amerika der Jagdgewehr-Plakate an den Autobahnauffahrten.

Abgesehen von den Wochenendabenden in einer der beiden Bars, die oft zum Bersten voll sind, bleibt man auch gern zu Hause und gibt sich mit seinem kleinen Freundeskreis zufrieden, ohne große Wünsche, den Horizont zu erweitern. Bequemer Pragmatismus gilt hier als wichtiger Wert. Man wählt Republikaner oder Demokraten eher wegen seiner momentanen Interessen als aus Ideologie. Eintönige Routinen werden als Zeichen des Erfolgs gewertet und nicht als Warnzeichen für drohende Langeweile. In diesem Kontext werden Fremde weder als Eindringlinge betrachtet, noch geben sie Anlass zu Neugier: Solange sie nicht stören, können sie machen, was sie wollen.

Wer mitten im Blickfeld verborgen bleiben will, findet dafür keinen besseren Ort als Eastlake, Ohio.

+++

Bei Lubrizol sind von dem Phantom klarere Bilder hängen geblieben als in den Dover Apartments. Und vor allem verwirrendere Bilder. Die ehemaligen Kollegen erinnern sich an einen immer tadellos gekleideten Mann, von dem zeitweise allerdings ein etwas fragwürdiger Körpergeruch ausging. Ausgeschlossen habe den schüchternen Mann hier niemand, sagen sie: Er selbst verhielt sich immer äußerst zurückhaltend und schien nicht daran interessiert, Kontakte zu knüpfen. Wurde er ohne Vorwarnung angesprochen oder fühlte sich von den Gesprächen der anderen Mitarbeitenden belästigt, setzte er Kopfhörer auf und schaltete ein kleines schwarzes Kästchen an, das er immer mit sich herumtrug. Es war kein Walkman, wie man hätte vermuten können, sondern ein selbst gebasteltes White-Noise-Gerät. Weißes Rauschen erinnert an das Geräusch, das man im Radio auf einer Frequenz zwischen zwei Sendern hört, und ist für seine entspannende Wirkung bekannt. Joseph Chandler drehte die Lautstärke immer voll auf. Ohne dieses Gerät bekam man ihn nie zu Gesicht.

Diese Anekdote zeugt nicht nur von Josephs großem Bedürfnis nach Ruhe, sondern auch von seinem Bastlertalent, auf das auch andere Zeugenaussagen hindeuten. In seiner Freizeit baute Joseph beispielsweise ein Elektrogerät, das er an seinen Fernseher anschließen konnte und das diesen automatisch abschaltete, sobald ein Werbeblock gezeigt wurde. Wenn das Programm weiterging, wurde der Fernseher wieder angeschaltet – der erste Adblocker der Geschichte. Werbung, in welcher Form auch immer, brachte Chandler auf die Palme. Als seine Büronachbarn von der genialen Erfindung hörten, fragten sie ihren Kollegen, ob er ihnen nicht auch so ein Gerät bauen könne. Chandler kam ihren Bitten für ein paar Dollar nach. Einmal half er auch einem Kollegen, der sich bei der freiwilligen Feuerwehr engagierte: Mit seinem Werkzeug im Gepäck kam er auf die Wache und erweiterte das nächtliche Warnsystem um eine Komponente: Sobald die Sirenen zu heulen anfingen, schalteten sich auch die Lichter im Aufenthaltsraum ein, wo die Feuerwehrleute dösten.

Seine Schweigsamkeit machte Joseph Chandler zum Einzelgänger. Aber zu einem komischen Kauz wurde er erst so richtig, wenn er doch mal den Mund aufmachte.

Eines Montagmorgens kam er verstimmt ins Büro. Ihm war am Wochenende ein Missgeschick passiert. Er hatte spontan entschieden, bei L. L. Bean einkaufen zu gehen, erzählte er seinen Kollegen. Von der Marke, die Camping- und Jagd-Equipment führt, gibt es in den USA um die fünfzig Filialen, eine nur zwanzig Kilometer von Eastlake entfernt. Aber Chandler wollte um jeden Preis in den Flagship-Store in Freeport, der größer ist und rund um die

Uhr geöffnet hat. Freeport ist nicht gerade um die Ecke, es liegt in Maine, tausendeinhundertfünfzig Kilometer östlich von Eastlake, also zwölf Autostunden entfernt, Pausen nicht eingerechnet. Chandler legte die Strecke mit seinem alten Pick-up zurück, fand in Freeport angekommen auf dem L.-L.-Bean-Parkplatz keine freie Parklücke, wendete daraufhin und fuhr ohne Umschweife zurück nach Ohio – zweitausenddreihundert Kilometer an einem Wochenende für nichts und wieder nichts. »Wenn es keinen komfortablen Parkplatz gibt, behalte ich mein Geld lieber«, ließ der noch immer verärgerte Chandler nach seiner Rückkehr von dem Roadtrip verlauten.

Ein anderer Krümel seines Lebens, den er seinen Bürokameraden hinwarf, war nicht weniger seltsam. Er sei zu einer Halloweenparty eingeladen worden, berichtete er eines Herbsts. Der Brauch verlangt, sich zu diesem Anlass zu verkleiden, das war Chandler natürlich klar, er zog aber trotzdem seine übliche Arbeitskleidung an, ein Hemd und eine Hose. Der Gastgeber erlaubte sich einen Kommentar, woraufhin Chandler sich verteidigte: Er sei sehr wohl verkleidet, und zwar als Lubrizol-Elektriker. Die Anekdote hatte nicht die Wirkung eines geistreichen Scherzes, auf die Chandler wohl abgezielt hatte, sondern ließ seine Zuhörer nur ratlos zurück.

Unter all den Menschen, deren Wege sich mit denen des Phantoms kreuzten, war Mike Onderisin der Einzige, der seine exzentrischen Eigenarten als Anzeichen einer Störung des Sozialverhaltens deutete. Das weckte sein Mitgefühl, und er versuchte, seinem Kollegen, wenn er auch keine tiefe Freundschaft mit ihm aufbaute, doch zumindest mit ein wenig Rücksichtnahme zu begegnen. Mit der Zustimmung seiner Frau Marilyn lud er »Joe« zu einem Thanksgiving-Essen ein. Abgesehen von dem Umstand, dass der Gast sich als nicht gerade geschwätzig erwies, erinnert das Paar sich nicht genau an den Verlauf des Abends. Bei diesem festlichen Dinner erwähnte Chandler seine frühere Ehe mit einer Kubanerin in Florida, ohne jedoch weitere Details zu der Beziehung oder ihrem Ende preiszugeben.

Eine Wiederholung dieses unbehaglichen Abendessens sollte es nicht geben. Joseph Chandler war aber noch ein weiteres Mal bei den Onderisins zu Gast, im Frühjahr 1992, zur Feier von Marilyns fünfzigstem Geburtstag. Die Einladung war kein außergewöhnlicher Freundschaftsbeweis, Mike hatte zu der »Kostümparty mit freier Themenwahl« alle seine Lubrizol-Kollegen eingeladen. Dieses Mal versuchte Chandler es nicht mit einem ironischen »Kostüm«; er kam als Mafiaboss verkleidet: schwarzer Hut, dunkles Sakko und Hose mit Nadelstreifen, schwarzes Hemd, weiße Krawatte, Zigarre. Chandlers Alter Ego wirkte erschreckend realistisch, abgesehen von den dicken Brillengläsern, die die Autorität, die ein authentischer Pate der Unterwelt eigentlich ausstrahlen müsste, ein Stück weit untergruben. Chandlers Anwesenheit an sich war schon eine Überraschung: Weder die Gastgeber selbst noch die Kollegen hätten auch nur einen Cent darauf verwettet, dass Chandler zu einer Feier von dieser Größe auftauchen würde. Übrigens hörte niemand Chandler an diesem Abend ein einziges Wort sagen.

Nachdem Joseph 1997 in Rente gegangen war, sah Mike ihn nicht wieder. Mit genau einer Ausnahme: im März 2002, vier Monate vor seinem Suizid. Chandler rief seinen ehemaligen Kollegen an und bat ihn, vorbeizukommen und ihm bei seinem Papierkram zu helfen. Seine Stimme, die sowieso nie besonders munter geklungen hatte, war kaum noch hörbar. Als Mike in das Dover-Studio kam, fand er einen beinahe pflegebedürftigen Mann vor, den jede noch so kleine Bewegung unendlich anzustrengen schien.

Chandler erzählte, er sei gerade aus dem Krankenhaus entlassen worden. Er habe sich wegen eines Darmkrebses einer Operation unterziehen müssen, die seine Überlebenschancen aber nicht verbessert habe. Die Ärzte hätten ihm deshalb eine Chemotherapie empfohlen, aber der chirurgische Eingriff und der Aufenthalt in der Klinik hätten ihn schon achtzigtausend Dollar gekostet. Für weitere Behandlungen fehlten ihm die finanziellen Mittel. Außerdem habe er auch keine Lust, unter Medikamenteneinfluss vor sich hin zu dämmern. Um es kurz zu machen: Er habe nicht mehr lange zu leben.

Mike konnte es kaum ertragen, dass Joseph sich dem Schicksal so einfach fügen wollte. Warum er sich denn nicht bei Medicare anmelde, wollte er wissen. Joe wischte den Vorschlag mit einem »Sinnlos« vom Tisch. Die Haut des Rentners war beinahe transparent geworden, er hörte schlecht, und seine ohnehin schon lausige Sehkraft hatte weiter nachgelassen. Er hatte aber nur um Hilfe gebeten, weil er es nicht schaffte, die Formulare für die Verlängerung seines Mietvertrags auszufüllen. Als sein ehemaliger Kollege sich des letzten Dokuments annahm, dem Formblatt für die Notfallkontakte, gab es nur einen einzigen Namen darauf einzutragen, den einer ihm unbekannten Frau: »Vita«, Beruf: »Geschäftsführerin der Dover Apartments«. Chandler war so allein, dass sein »engster Kreis« aus der Verwalterin der Wohnanlage bestand.

»Wir schreiben meinen Namen auch dazu«, beschloss Mike.

So kam es also, dass Mike Onderisin in diese ganze Geschichte verwickelt wurde.

Bevor sein Wohltäter sich verabschiedete, murmelte Joseph Chandler: »Ich muss dir noch etwas erzählen.« Er sprach so leise, dass er kaum noch zu verstehen war, aber das erdrückende Gewicht, das auf diesem Satz lastete, hörte Mike trotzdem. Als stünde eine sensationelle Ankündigung bevor. Oder eine unerwartete Enthüllung. Oder eine Erklärung für Joes außergewöhnliche Persönlichkeit.

Pause.

»Ach, nein, ich erzähl es dir beim nächsten Mal.«

Es sollte kein nächstes Mal geben.

+++

Joseph Chandler trug, wohin er auch ging, immer einen schwarzen Vertreter-Aktenkoffer mit sich herum. In seinem Apartment stand der kleine Koffer auf dem Teppichboden zwischen dem Computer und dem Sofa. Bei Lubrizol stand er immer direkt im Blick in einer Büroecke. Mike Onderisin hielt seinen einsamen Kollegen immer für einen Freigeist ohne persönliche Beziehungen, der Materialismus und Verantwortung entfliehen wollte und der jederzeit bereit war, in ein Flugzeug zu steigen und irgendwo ein neues Leben zu beginnen. Wenn das stimmte, dann enthielt dieser Aktenkoffer wohl den überlebenswichtigen Kram für den Fall, dass ihn das plötzliche Bedürfnis überkam, alles hinzuschmeißen.

Tatsächlich löste sich Chandler ab und an in Luft auf. Er kam nicht zur Arbeit, verließ die Stadt und blieb paar Wochen oder ein paar Monate verschwunden. Und eines schönen Morgens saß er wieder an seinem Platz, als wäre nichts gewesen.

Vorher erzählte er niemandem, wohin er gehen oder wie lange er wegbleiben würde. Aber hinterher flüsterte er seinen neugierigen Kollegen manchmal den Grund für seine Abwesenheit zu: »Sie sind mir auf den Fersen.«

6

Peter Elliotts Büro erstreckt sich über die zwölfte Etage, die Glasfront bietet einen Panoramablick über die Mündung des Cuyahoga River. Er fließt am Fuß des Justiz-Hochhauses in Downtown Cleveland vorüber, vielleicht noch in der Hoffnung, sich irgendwann im unendlichen Ozean zu verlieren. Stattdessen mündet der Fluss nur in den ausweglosen Lake Erie. Man kann sich kaum ein besseres Sinnbild für die Situation von Peters »Klienten« vorstellen: Jeder Flüchtige, der meint, sich aus der Affäre gezogen zu haben, hat diesen Marshal auf den Fersen, der grimmig entschlossen ist, seinem Traum von Freiheit ein schnelles Ende zu setzen.

Ob verdächtig oder für eine Zeugenaussage gesucht, aus dem Gefängnis ausgebrochen, vor Gericht geladen und unauffindbar, verurteilt, aber auf freiem Fuß, gegen die Bewährungsauflagen verstoßen ... Seit seiner Ernennung 2002 hat der U.S. Marshal for the Northern District of Ohio mit seinem Team zweiunddreißigtausend Leute ausfindig gemacht, die in den vierzig Countys seines Zuständigkeitsbereichs per Haftbefehl gesucht worden waren. Diese Erfolgsquote erklärt die in diesem Bereich nie dagewesene Länge seiner Karriere: Obwohl Bush junior ihn ernannt hat und man ihm konservative Ansichten nachsagt, wurde seine Amtszeit 2009 von Barack Obama mit einstimmiger Unterstützung des Senats verlängert.

Diese politische Flexibilität spiegelt sich auch in Elliotts vielseitiger Persönlichkeit wider.

Seine zugewandte Art und das halblange, nach hinten gekämmte Haar erinnern an Don Johnson aus *Miami Vice*, seine Körperhaltung an einen Texas Ranger: allzeit bereit, seine Waffe zu ziehen. Sein herzlicher Handschlag vermittelt einen kameradschaftlichen Eindruck, während die eiskalten smaragdgrünen Augen sein Gegenüber ständig zu durchbohren scheinen. Auch seine Hobbys sind schwer unter einen Hut zu bringen: vom Baseball – eine Verletzung verhinderte eine Profikarriere – bis hin zum Dudelsack, den er gemeinsam mit seinem Vater, einem Ex-Marshal, in einem Polizeiorchester in Cleveland spielt.

»Keinen Täter entkommen lassen.« Peter Elliott hat das Motto der U.S. Marshals zu seinem eigenen gemacht. Er hat ihm lediglich noch einen persönlichen Touch verliehen, durch den Zusatz: »Über den Tod hinaus, wenn es sein muss.« In diesem Sinne rief er Anfang 2014 eine Spezialeinheit für die Aufklärung von *cold cases* ins Leben: Per Definition verbirgt sich hinter jedem ungeklärten Justizfall ein flüchtiger Straftäter. Seither ist er für die Ermittlungen im Fall des Phantoms von Eastlake zuständig. Aus der dreihundertseitigen Polizeiakte hat er einen Schluss gezogen, der seiner Meinung nach rechtfertigt, die alte Geschichte wieder aufzuwärmen und als Priorität zu behandeln: In den vierundzwanzig Jahren, in denen der falsche Joseph Chandler undercover gelebt hat, ist ihm nicht der geringste Fehler unterlaufen. Und das ist äußerst beachtenswert.

Identitätsdiebstähle gibt es in den USA wie Sand am Meer, auch wenn die Zahl seit dem 11. September 2001 und den darauffolgenden Revisionen der Verwaltungsvorschriften zurückgegangen ist. Vor diesem einschneidenden Ereignis war es zwar nicht gerade ein Kinderspiel, ein neues Leben zu beginnen, aber besonders kompliziert war es auch nicht. Personalausweise, wie man sie in vielen europäischen Ländern kennt, gibt es auf der anderen Seite des Atlantiks nicht, und bis 1998 war ein simpler Identitätsdiebstahl nicht einmal strafbar, solange er nicht mit einem anderen Delikt in Verbindung stand. Aufgrund dieser laxen Gesetzeslage und der Redefreiheit, die im First Amendment der amerikanischen Verfassung verankert ist, wurden in den siebziger Jahren nicht wenige Schritt-für-Schritt-Anleitungen zum Identitätsdiebstahl veröffentlicht, oft in Zeitschriften oder Büchern mit anarchistischen Tendenzen oder aus Prepper-Kreisen.

1) Man durchkämme Friedhöfe nach einem Toten, der sich zum Wiedererwecken eignet. Bevorzugt suche man ein Kind, wenn möglich mit demselben Geburtsjahr wie man selbst, das jung genug gestorben ist, um in den Akten der Behörden keinerlei Spuren hinterlassen zu haben.

2) Man wende sich ans Standesamt der Geburtsstadt des Verstorbenen und bitte um eine Kopie der Geburtsurkunde. Das ist der heikle Teil: Ein verantwortungsbewusster Beamter muss eigentlich einen Identitätsnachweis verlangen – einen Führerschein, Pass oder Sozialversicherungsausweis –, eben um zu verhindern, dass das geforderte Dokument dazu verwendet wird, in eine neue Haut zu schlüpfen. Ohne einen solchen Nachweis darf nur eine Kopie der Geburtsurkunde mit dem gestempelten Vermerk NOT FOR ID PURPOSES – nicht als Ausweisdokument gültig – ausgehändigt werden.

3) Um diese Hürde zu umgehen, gebe man vor, bestohlen worden zu sein und das Portemonnaie samt aller Ausweismöglichkeiten verloren zu haben. Erweist sich der Beamte als besonders pflichtbewusst, versuche man es mit

Bestechung und schiebe ihm einen Fünfzig- oder Hundert-Dollar-Schein zu, um ein blütenreines Dokument ohne den verräterischen Vermerk zu erhalten. Das erbärmliche Gehalt der Staatsdiener kommt einem dabei meist zugute.

4) Man lege die erschlichene Geburtsurkunde bei der entsprechenden Behörde vor und beantrage einen Sozialversicherungsausweis.

Diese Vorgehensweise hatte, wohl der amerikanischen Kultur des Vertrauensvorschusses in die Bürgerinnen und Bürger des Landes geschuldet, eine überraschend hohe Erfolgsquote. Aber seine langjährige Karriere hat Peter gelehrt, dass die Betrüger irgendwann immer einen Fehler machen. Die Palette möglicher Patzer ist bunt. Sie reicht von dem Freund oder engen Verwandten aus dem alten Leben, den zu kontaktieren man sich doch nicht zurückhalten kann, über das Formular, in das man geistesabwesend seine Originaladresse einträgt, bis zu der wahren Anekdote aus der Vergangenheit, die man eines Abends nach ein paar Getränken zum Besten gibt. Selbst mit treuer Unterstützung aus der Szene schaffen es die besten Verschwindenskünstler vielleicht, ein paar Monate oder ein, zwei Jahre unter dem Radar zu bleiben, die besonders Gerissenen vielleicht auch fünf.

Der falsche Joseph Chandler hat nicht das geringste Indiz hinterlassen, und das in einer Zeitspanne von fast einem Vierteljahrhundert vom Identitätsklau bis zu seinem letzten Atemzug.

Aus dieser bemerkenswerten Leistung zieht der Marshal zwei Schlüsse, die die Richtung seiner Ermittlungen vorgeben. Erstens: Der Mann war extrem vorsichtig und außerordentlich bedacht, seine Deckung aufrechtzuerhalten. Um nicht entlarvt zu werden, hat er auf jegliche noch so oberflächliche freundschaftliche oder emotionale Bindung verzichtet. Daraus ergibt sich zweitens: So viel Mühe gibt sich nur jemand, der eine sehr belastende Vergangenheit zu verbergen hat.

Die Vergangenheit eines hochrangigen Verbrechers, ohne Frage.

Elliott nimmt die Polizeiakte genauer unter die Lupe und ärgert sich – wie schon Tom Doyle vor ihm – über die voreilige Einäscherung des Leichnams. Was aber noch weniger zu entschuldigen ist: Nirgends ist auch nur eine Silbe über eine Autopsie vermerkt. Er ruft den Clevelander Gerichtsmediziner Dr. Rizzo an, der die Leiche damals, am 30. Juli 2002, in Empfang genommen hat, um sicherzugehen, dass das entsprechende Dokument nicht einfach nur verloren gegangen ist. Aber Dr. Rizzo bestätigt, dass er keine erweiterte Untersuchung durchgeführt hat. Die Ein- und Austrittsstelle der Kugel unterstützten die These eines Schusses in den Mund mit einer Kaliber .38, also begnügte er sich mit einem Blick von außen und notierte seine Beobachtungen und ein paar anatomische Eckdaten von Hand auf einem Blatt Papier: Größe, Gewicht, solche Sachen. Allerdings untersuchte er auch die Zähne und behielt eine Kopie der Ergebnisse in seinen Archiven.

Die Leichtfertigkeit, mit der die medizinisch-rechtliche Komponente des Falls abgehakt wurde, macht den Marshal sprachlos. Das einzige greifbare, konkrete Element, anhand dessen er das Phantom von Cleveland mit einem gesuchten Verbrecher in Verbindung bringen kann, ist eine Zeichnung seines Gebisses, die Information, welche Zähne ihm fehlten, und eine Beschreibung des Zustands der noch vorhandenen.

Die Zahl der Flüchtigen, die in den USA auf freiem Fuß sind, beläuft sich durchschnittlich auf zwei Millionen. Zusätzlich zu dieser sowieso schon unüberblickbaren Menge will Peter Elliott auch noch die rund zwanzigtausend Vermissten in seine Suche einbeziehen. Das sind zumeist jugendliche Ausreißer, die rasch wieder gefunden werden, aber teilweise auch Erwachsene, die sich einfach in Luft aufgelöst haben. In einer Online-Kartei für Mitarbeitende der staatlichen Ordnungskräfte sind all diese Fälle verzeichnet, mitsamt einer Beschreibung des Äußeren, manchmal einem Foto und den Umständen des Verschwindens. Denn auch wenn der Marshal überzeugt ist, dass es sich bei dem Mann um einen ehemaligen Übeltäter auf der Flucht handeln muss, kann er nicht davon ausgehen, dass er des Verbrechens, das er begangen hat, auch angeklagt wurde oder dass die Straftat der Polizei überhaupt bekannt ist und dazu ermittelt wird. Offiziell könnte der Flüchtige also ein Vermisster unter Tausenden sein, ein Vermisster ohne Geschichte.

Ihm bleibt nichts anderes übrig, als von Hand nach Zusammenhängen zu suchen. Eine Möglichkeit nach der anderen muss aus der Kartei genommen, verifiziert und aussortiert werden. Ein Labyrinth mit zwei Millionen Türen, von denen nur eine einzige einen Ausweg bietet. Der Marshal durchforstet zunächst die Datenbank der Flüchtigen in seinem Zuständigkeitsbereich, dann erweitert er die Suche auf die Top Most Wanted der dreiundneunzig anderen U.S. Marshal Districts in den Vereinigten Staaten und schließlich auf die Top Most Wanted des FBI. Zuerst sortiert Peter Elliott nach rein äußerlichen Kriterien: Bei den Gesichtern, die eine mehr oder weniger große Ähnlichkeit mit dem namenlosen Rentner aufweisen, hält er inne. Danach verfeinert er die Auswahl mit seinen restlichen Kriterien. Dr. Rizzo zufolge war Chandlers Leichnam einen Meter siebzig groß. Gewogen hat der Gerichtsmediziner ihn nicht, aber die zweiundsiebzig Kilo aus dem Führerschein müssten in etwa stimmen. Größe und Gewicht einer Person können sich im Laufe des Lebens verändern, deshalb rechnet der Marshal bei diesen Zahlen einen gewissen Spielraum ein. Das Alter bleibt ein Rätsel, aber erfahrungsgemäß entfernen sich Identitätsdiebe in diesem Punkt, genau wie in den anderen Punkten, selten weit von der Realität. Der kleine Joe Chandler wurde 1937 geboren, sein Double wird wohl ein Zeitgenosse sein. Diese objektiven Kriterien ergänzt Elliott noch durch einige weniger eindeutige, die er aus dem Profil ableitet, das er von seinem aktuellen Klienten erstellt hat: Der perfekte Kandidat wäre ein Flüchtiger, der an einer Zwangsstörung leidet – die Anekdoten vom White-Noise-Gerät und von den imaginären Flöhen, die das Studio D überrennen, haben ihn zu diesem Schluss gebracht – und dessen IQ deutlich über dem Durchschnitt liegt.

Elliott nimmt insbesondere die Bundesstaaten in den Blick, die eine Verbindung zu dem Fall haben, so dünn sie auch sein mag. Ohio natürlich und Texas, woher die echte Familie Chandler stammt, und Kalifornien. Auf seinem Antrag bei der Sozialversicherung hat das Phantom mehrere ehemalige Arbeitgeber in Kalifornien angegeben. Auch wenn die Ermittlungen ergeben haben, dass keiner von ihnen je einen Joseph Chandler beschäftigt hat, so könnte das doch ein Indiz sein, dass er zumindest eine Weile in der Gegend gelebt hat. Auf der Website der U.S. Marshals des Bezirks Nordkalifornien tauchen schon auf der Startseite drei Fotos von Männern in ihren Achtzigern auf, die Gesichter wurden digital gealtert. Peter Elliott kennt die Flüchtigen und weiß auch, wie die jüngeren Versionen aussahen. Jedem Marshal, der seines Titels würdig ist, haben sie sich ins Gedächtnis gebrannt: die legendären Alcatraz-Ausreißer. Das gealterte Gesicht von einem von ihnen, Frank Morris, weist eine frappierende Ähnlichkeit mit dem Rentner von Eastlake auf. Dieselbe hohe, breite Stirn, dieselben schmalen, verkniffenen Lippen. Der Blick ist ein bisschen anders, etwas ernster als der von Chandler, aber die hervorstechende Nase mit den großen Nasenlöchern könnte passen. Elliott klickt auf die Datei mit der Beschreibung. Ein alter Haftbefehl des Staates Kalifornien ist dort gespeichert. Das angegebene Gewicht, einundsechzig Kilo, ist irrelevant, es ist zu viel Zeit vergangen. Größe: eins zweiundsiebzig. Nur zwei Zentimeter größer als Chandler. Das kommt hin. Aber um die Neugier des Marshal in Aufregung umschlagen zu lassen, bräuchte es ein bedeutenderes Detail. Das Internet quillt über vor Artikeln, die Frank Morris' Lebensweg und Persönlichkeit beschreiben. Darin taucht eine Kleinigkeit wieder und wieder auf: Der Mann hatte einen IQ von hundertdreiunddreißig, höher als achtundneunzig Prozent der Bevölkerung.

Nur wenige Wochen nachdem Elliott den Fall Chandler neu aufgerollt hat, schrillen seine Alarmglocken: eine vielversprechende Spur.

Der Marshal fliegt also nach San Francisco. Teil des berühmtesten Trios von Flüchtigen in den USA zu sein, dessen unglaublicher Ausbruch aus dem Inselgefängnis Alcatraz Hunderte von Büchern und Artikeln nach sich gezogen und sogar ein cineastisches Meisterwerk mit Clint Eastwood in der Rolle des Frank Morris inspiriert hat, könnte Chandlers enormen Aufwand, unter dem Radar zu bleiben, durchaus rechtfertigen. Morris, ein Serieneinbrecher, gilt als der Kopf des irrsinnigen Ausbruchsprojekts. Monatelang und mithilfe selbst gebastelter Werkzeuge vergrößerten die drei Kumpanen den Lüftungsschacht ihrer Zelle. Sie gruben sich durch die Wand, bis sie zu einem unbewachten Dienstkorridor gelangten. Dort bauten sie aus fünfzig während der Haft gestohlenen Regenmänteln ein behelfsmäßiges Floß, um das Festland zu erreichen. Die Ermittler kamen damals zu dem Schluss, dass das Trio im eisigen Wasser der San

Francisco Bay ertrunken sein musste, auch wenn das Floß nie gefunden wurde. Die Marshals, ihrem Motto »Keinen Täter entkommen lassen« treu, haben ihre Jagd auf die drei Götter der Flucht nie aufgegeben.

Peter Elliotts kalifornischer Kollege hat sich am Telefon an der neuen Spur interessiert gezeigt, aber nicht überschwänglich. Als der Marshal aus Ohio ihm gegenübersitzt, erklärt er, dass er den Zufall zwar ebenfalls beachtenswert findet, darin aber keine abschließenden Beweise erkennt. Natürlich werde der Hinweis ernst genommen, verspricht er, aber die Ermittlungen seien keinesfalls zum Stillstand gekommen, tatsächlich sei man gerade dabei, eine neue Richtung einzuschlagen. Eine noch vielversprechendere Spur muss sich kürzlich ergeben haben, wird Elliott klar. Er steigt ins Flugzeug zurück nach Cleveland.

Stunde um Stunde lässt er immer weiter Porträts von Flüchtigen über seinen Bildschirm laufen, legt aber gleichzeitig noch andere Eisen ins Feuer. Auf der Suche nach einem bislang vernachlässigten Detail befragt er alle Zeuginnen und Zeugen, die schon von der Polizei verhört wurden wie der Lubrizol-Kollege Mike Onderisin, sowie alle, die noch keine Aussage gemacht haben wie der Service Manager Jeffrey Offak. Zusätzlich zu der Geschichte mit der kubanischen Ehefrau berichtet ein ehemaliger Kollege, Chandler habe ihm einmal von seiner Ehe mit einer Katholikin erzählt, ohne aber weitere Details zu nennen. War der Namenlose zweimal verheiratet? Sprach er von derselben Frau? Hat er überhaupt jemals geheiratet? Keine Antworten, nur neue Fragen. Die Recherchen zu der Waffe, mit der der einsame Rentner sein Leben beendete, sind ein bisschen fruchtbarer. Die Seriennummer des kurzläufigen Revolvers des Herstellers Charter 2000 führt Peter Elliott zu einem Waffengeschäft im County, unweit von Eastlake.

Der Kaliber .38 wurde dort im April 2002, drei Monate vor dem Suizid, für zweihundertdreiundsechzig Dollar völlig legal erworben.

Die ganze stumpfsinnige Arbeit bringt im Sommer 2014 zumindest eine neue Fährte ans Licht. Im Gespräch mit dem Marshal berichtet Mike Onderisin noch einmal von seiner letzten Begegnung mit Joseph Chandler, vier Monate vor seinem Tod. Der geschwächte Rentner vertraute ihm an, dass er an Darmkrebs litt und kürzlich operiert worden war. Diese Info lässt den Marshal aufhorchen: Wenn eine Operation durchgeführt wurde, muss es eine Krankenakte geben. Ob die medizinischen Berichte zur Aufklärung des Identitätsdiebstahls beitragen können, ist ungewiss, aber die beiden Kliniken in der Gegend zu kontaktieren, kostet ja nichts.

Und tatsächlich gibt es im Medical Center in Willoughby, einer an Eastlake grenzenden Gemeinde, eine Akte unter dem Namen Joseph Chandler. Eine zuvorkommende Sekretärin erklärt sich bereit, der Sache nachzugehen.

In den Krankenhausarchiven, informiert sie Peter Elliott, finden sich nicht nur Spuren von einem, sondern von zwei Krankenhausaufenthalten. Das erste Mal wurde Joseph Chandler am 4. Februar 1989 in der Notaufnahme vorstellig. Der außergewöhnliche Grund: Er hatte sich ziemlich böse am Penis verletzt. Die Krankenschwester, die ihn untersuchte, stellte fest, dass sein Glied buchstäblich aufgerissen war, einige der Wunden waren tief. Auf die Frage, wie er sich die Verletzungen zugezogen habe, antwortete der Patient, er habe seinen Penis ins Staubsaugerrohr eingeführt, eine sexuelle Spielerei, die nicht gut ausgegangen war. Joseph wurde ohne weitere moralische Belehrungen versorgt.

Das zweite Mal wurde er am 5. März 2000 aufgenommen.

Die Sekretärin bestätigt Peter Elliott, dass tatsächlich ein chirurgischer Eingriff vorgenommen wurde, um einen bösartigen Tumor im Darm zu entfernen. Die Diagnose war kurz zuvor durch eine Biopsie erfolgt.

»Ach, und falls es Ihnen bei den Ermittlungen weiterhilft«, fügt sie hinzu, »die Gewebeprobe haben wir aufbewahrt.«

7

Als Peter Elliott im September 2016 im Internet einen *Seattle-Times*-Artikel über den Fall Lori Kennedy entdeckt, entfährt ihm ein *»Oh my God!«*. Nicht etwa wegen der großen Ähnlichkeit dieser Identitätsdiebstahl-Geschichte mit der Geschichte, die seinen Bemühungen seit zwei Jahren trotzt – seit fast fünfzehn Jahren, wenn man die vergeblichen Ermittlungen des Eastlake Police Department dazuzählt.

Schockiert ist Elliott vielmehr darüber, dass das Rätsel um Lori Kennedy im Gegensatz zu dem um Joseph Chandler gerade gelüftet wurde.

Lori Kennedy, eine frisch geschiedene Frau um die vierzig, wurde am Weihnachtsmorgen 2010 in Longview, einer Kleinstadt in Texas, reglos hinter dem Steuer ihres Autos gefunden. Sie hatte sich mit einem Kopfschuss selbst getötet. In einem Schrank im Haus der Familie, den ihr Ex-Mann nie öffnen durfte, fanden ihre Angehörigen eine Metallbox mit der Aufschrift *Handarbeiten*. Darin lag ein einziges Dokument: der Beschluss eines Gerichts in Dallas vom Juli 1988, der Becky Sue Turner erlaubte, den Namen Lori Kennedy anzunehmen. Aber auch Becky Sue Turner war nicht der echte Name der Frau; die echte Becky Sue Turner kam 1971 bei einem Feuer in ihrem Elternhaus nahe Seattle um. Lori stahl ihre Identität 1988, indem sie eine Geburtsurkunde des Mädchens vorlegte und einen Sozialversicherungsausweis in ihrem Namen beantragte: die Methode aus den anarchistischen Handbüchern, die auch der falsche Joseph Chandler zehn Jahre zuvor angewendet hatte.

Wer ist Lori Kennedy wirklich? Die Polizei verfügt zwar über ihre DNA, es gibt aber keine Übereinstimmungen im System. Die Wahrheit über ihre Vergangenheit scheint für immer verloren – bis Colleen Fitzpatrick auf den Plan tritt. Mit fünfzig Jahren hängt die Wissenschaftlerin, die ursprünglich aus New Orleans stammt, ihre Karriere als Ärztin an den Nagel, um sich voll und ganz ihrer Lieblingsbeschäftigung, der Stammbaumforschung, zu widmen. Als die ersten DNA-Test-Websites für die breite Öffentlichkeit aus dem Boden schießen, ist sie die Erste, die diese Datenbanken mit Millionen von genetischen Fingerabdrücken nutzt, um Stammbäume zu rekonstruieren oder zu vervollständigen, eine Vorgehensweise, die – naheliegenderweise – als »Genetische Genealogie« bezeichnet wird. Mit ihrem Unternehmen Identifinders International wird sie berühmt, nachdem sie es anhand einer DNA-Probe aus einem Backenzahn schafft, eine unbekannte Passagierin der Titanic zu identifizieren, ein neunzehn Monate altes Baby, dessen Überreste aus dem Atlantik geborgen und in Kanada beigesetzt worden waren. »Meine Herangehensweise zusammengefasst: *CSI: Genealogie*«, sagt die kleine Frau mit dem verschmitzten Lächeln.

Fitzpatrick stolpert 2013 über einen Artikel zu Lori Kennedy. Vielleicht kann ich helfen, das Geheimnis zu lüften, denkt sie. Mit der Zustimmung der Polizei schickt sie die DNA der Unbekannten zum Abgleich an drei große Websites, die genetische Profile von Millionen von Amerikanern sammeln, analysieren und archivieren: Ancestry, 23andMe und Family Tree DNA. Abgesehen von einigen Matches mit

Cousins, deren Verwandtschaftsverhältnis zu entfernt ist, um nützlich zu sein, gibt die Recherche nichts her. In den darauffolgenden Monaten reicht Colleen Fitzpatrick immer wieder Gewebeproben ein, bis sie auf eine Cousine dritten Grades stößt, die einen Familienstammbaum anfertigen kann. Anhand der online verfügbaren Personenstandsregister erklimmt Fitzpatrick den Baum dann geduldig, um den gemeinsamen Vorfahren der Cousine und Lori Kennedys zu identifizieren. Dann steigt sie Ast für Ast wieder hinab, bis sie einen Cousin ersten Grades ausfindig gemacht hat, der in Philadelphia, Pennsylvania, lebt. Der Mann erkennt das Foto aus Loris Führerschein sofort: Es handelt sich um Kimberly McLean, die Tochter seiner Tante Deanne. Die jugendliche Kim verkraftete die Scheidung ihrer Eltern nicht. Mit achtzehn Jahren haute sie mit den Worten »Auf Nimmerwiedersehen!« aus ihrem Elternhaus ab. Und sie meinte es ernst.

Das Adrenalin schießt Peter Elliott durch die Adern, als er das letzte Kapitel dieser Geschichte 2016 auf seinem Bildschirm liest: Der Fall Chandler ist dem von Lori Kennedy zu ähnlich, als dass Colleen Fitzpatrick nicht auch hier den Schlüssel liefern könnte. Die Stammbaumforscherin gibt am Telefon zu, noch nie von dem Phantom von Cleveland gehört zu haben. Sie ist aber fasziniert. »Das könnte ich hinkriegen«, sagt sie.

Das genetische Profil, das aus Joseph Chandlers Gewebe von seiner Biopsie im Jahr 2000 erstellt wurde, wird also nach Kalifornien geschickt, wo Identifinders International seinen Sitz hat. Es handelt sich um ein sehr unvollständiges Genom, die Probe aus dem Darm ist in schlechtem Zustand. Sie wurde im Krankenhaus fünfzehn Jahre lang in einem einfachen Paraffinblock gelagert. Nur sieben Prozent des genetischen Fingerabdrucks können rekonstruiert werden, was den Abgleich mit potenziellen noch lebenden Familienmitgliedern deutlich erschwert und vor allem weniger präzise macht. Zufällig sind aber die Gene des Y-Chromosoms, das vom Vater an den Sohn vererbt wird und das männliche Geschlecht festlegt, fast vollständig.

Die Expertin schickt die Y-Sequenz durch eine Onlinedatenbank, in der nur Informationen über das männliche Chromosom verzeichnet sind. Und sie erhält einen Treffer: einen gewissen Mr. Nicholas, geboren 1944, der immer noch lebt. Der Mann erkennt Joseph Chandler auf dem Foto nicht wieder, aber er möchte gern helfen und erstellt einen sehr umfangreichen Stammbaum, der bis zu George Nicholas führt, der 1722 aus Dorset, England, in die Neue Welt aufbrach und dessen Familie eine der ersten Kolonien im heutigen Virginia gründete. Beim Abstieg an diesem Baum identifiziert Fitzpatrick andere noch lebende Mitglieder der Familie Nicholas, deren DNA Übereinstimmungen mit der Chandlers hat. Vorläufiger Schluss: Die männliche Erbfolge ist intakt, sie weist keine Unterbrechungen auf. Das Phantom von Cleveland muss also den Nachnamen Nicholas – oder eine eng verwandte Variante davon – getragen haben.

Dieser Satz nach vorn ist aber nicht so bedeutsam, wie er auf den ersten Blick scheint. Männliche Nachfahren hat der Pionier George Nicholas nämlich inzwischen Tausende. Jeden einzelnen von ihnen zu kontaktieren, ergibt keinen Sinn. Mit nichts als den genetischen Informationen des Y-Chromosoms kommt Fitzpatrick nicht weiter.

Um eine Lösung für diese in ihren Fällen immer wieder auftretende Schwierigkeit zu finden, schließt sich die ehemalige Ärztin Anfang 2017 mit Margaret Press zusammen, einer Bekannten, die sie auf Facebook kennengelernt hat. Die Computeringenieurin möchte sich mit ihren Programmierfähigkeiten jetzt, in ihrer Rente, in den Dienst ihrer großen Leidenschaft, der Genealogie, stellen. Gemeinsam gründen die beiden Frauen die gemeinnützige Organisation DNA Doe Project, die sich der Aufklärung von *cold cases* durch die Magie der genetischen Genealogie widmet. Chandler ist geradezu das perfekte Versuchskaninchen: ein John Doe – ein Mister X, ein Namenloser – mit weit verbreitetem Nachnamen und lückenhaften DNA-Informationen. Die Partnerinnen sind sich einig, dass das vorhandene Gewebe einem weiteren Sequenzierungsverfahren unterzogen werden muss. Sie hoffen, doch noch ein vollständigeres Genom und damit ergiebigeres Rohmaterial als nur das einsame Y-Chromosom zu erhalten. Fitzpatrick bittet Peter Elliott per Telefon um seine Zustimmung: Für die bereits ziemlich ruinierte Probe stellen die Untersuchungen ein Risiko dar. Elliott gibt grünes Licht.

Das Ergebnis dieser zweiten Sequenzierung, die im September 2017 von einem privaten Labor durchgeführt wird, ist kaum aussagekräftiger als die erste. Aber es gibt einen Lichtblick: In der Zwischenzeit ist eine neue Onlinedatenbank für genetische Informationen entstanden, GEDmatch. Eine öffentliche und kostenlose Plattform. Noch verfügt sie zwar über weniger Daten als die schon länger bestehenden Bezahlversionen, aber im Gegensatz zu diesen kann man hier auch eine bereits ausgewertete DNA-Sequenz zum Abgleich einsenden, ohne den Umweg über eine frische Speichelprobe. Von den Millionen genetischen Profilen, die auf GEDmatch gespeichert sind, haben einige Hundert lebende Personen relevante Überschneidungen mit dem unvollständigen Genom des unbekannten Hochstaplers. Aber das Problem ist: Keine der Verwandtschaftsbeziehungen ist enger als dritten Grades. Mithilfe von neunzehn Freiwilligen kontaktieren die beiden Forscherinnen trotzdem einige entfernte Cousins und Cousinen mit der Bitte, Stammbäume zu erstellen. Viele spielen enthusiastisch mit.

Nach drei Monaten hat die Organisation für ihre Bemühungen nichts als ein Dutzend lückenhafter Bäume mit Hunderten von Verästelungen vorzuweisen. Die Wahrscheinlichkeit, dass Joseph Chandler irgendwie mit diesen Bäumen in Verbindung steht, liegt bei fast hundert Prozent. Vielleicht steht sein echter Name sogar schon schwarz auf weiß in dem ständig wachsenden Verwandtschaftsverzeichnis. Aber solange keine dieser Spuren konkreter ist als die anderen, wäre nur ein einziges Vorgehen möglich: jeden Ast dieses Wäldchens mit einer Nagelschere zu beschneiden.

Colleen Fitzpatrick und Margaret Press stellen dieselbe Diagnose: Nur eine dritte Sequenzierung kann die Auswahl einschränken. Auch wenn die nicht unbedingt eine vollständigere DNA-Sequenz ergibt, so hoffen sie, dadurch noch einmal neue genetische Marker aufdecken zu können. Zwei schlecht aufgelöste Fotografien derselben Person, zu verschiedenen Zeitpunkten aufgenommen, ergeben zwei verschwommene Bilder, die aber beide möglicherweise andere Details einfangen. Wenn man Glück hat, entsteht ein klareres Bild, wenn man beide Fotos übereinanderlegt.

Es ist – ohne dramatische Übertreibung – die letzte Chance: Von der Gewebeprobe von Chandlers Biopsie bleibt schon jetzt nur noch ein winziger Rest nutzbarer Zellen. Nach der dritten Analyse wird nichts mehr übrig sein.

Wie zu erwarten, ist das rekonstruierte Genom noch immer sehr bruchstückhaft. Und wie zu erwarten, tauchen nicht alle der schon bekannten genetischen Marker wieder auf, dafür aber andere, die bislang verborgen geblieben waren. Am 5. März 2018 kombiniert ein Genetiker aus dem DNA Doe Project alle Marker zu einer Supersequenz und lädt diese zum Abgleich auf GEDmatch hoch. Die Seite spuckt das Profil eines Cousins aus, der zwar nicht näher mit Chandler verwandt ist als die anderen, dessen Stammbaum aber noch nicht rekonstruiert wurde. Eine Freiwillige nimmt sich der Aufgabe an und stößt auf der Ebene der Großeltern auf eine gewisse Alpha Schreiber, verstorben 1990. Dieser Familienname ist auch schon im Stammbaum eines anderen Cousins aufgetaucht. Alpha Schreiber hat einen gewissen Silas Nichols geheiratet, der inzwischen ebenfalls verstorben ist. Das Paar lebte in Indiana und hatte vier Kinder, vier Söhne. Zwei Bäume, deren Zweige an einem gewissen Punkt zusammenwachsen, und vor allem dieser Name, Nichols, eine verbreitete Variation von Nicholas, der schon bei der Untersuchung des Y-Chromosoms aufgetaucht war: Die DNA-Doe-Project-Partnerinnen versuchen, nicht überschwänglich zu werden, aber sie spüren, dass die Ziellinie näher rückt. Tatsächlich ist das Ehepaar Nichols mit seinen vier Söhnen schon vier Monate zuvor in den Recherchen aufgetaucht, aber zu diesem Zeitpunkt hob sie noch nichts von den anderen Fäden im Wollknäuel ab, und niemand entwirrte sie daraus. So wie sich das Phantom von Eastlake im hellen Tageslicht getarnt hatte, hatte sich auch diese vielversprechende Spur direkt vor ihren Nasen verborgen.

Von Alpha und Silas Nichols' vier Söhnen sind in den Personenstandsregistern drei als verstorben verzeichnet. Bleibt noch der vierte, Robert Ivan Nichols, geboren am 12. September 1926 in New Albany, Indiana. Sollte er tatsächlich noch leben, hätte er inzwischen ein ansehnliches Alter von zweiundneunzig Jahren erreicht.

Ein Freiwilliger beschafft eine Kopie seiner Geburtsurkunde. Darauf steht in makelloser Schreibschrift die Adresse der Familie: 1823 Center Street, New Albany.

1823 Center Street.

Diese Information bleibt im Kopf eines anderes Teammitglieds kleben. Die Adresse kommt ihm bekannt vor. Immer wieder dreht und wendet er sie im Kopf hin und her, wie man einen Apfelbaum schüttelt, damit er endlich seine Früchte verliert.

Und plötzlich: Bingo.

»Ist das nicht die Phantasie-Adresse der angeblichen Schwester in Columbus, die Chandler als Notfallkontakt angegeben hatte?«

TEIL 3

Die Druckwelle

8

Die USS Aaron Ward zieht ihre Kreise. Seit sechs Wochen schon patrouilliert der Navy-Minenleger etwa zwanzig Meilen östlich von Okinawa im Pazifik. Das zweitausendzweihundert Tonnen schwere Schiff überwacht das Gebiet um die kleine japanische Insel, um die amerikanischen Bodentruppen dort zu unterstützen. Okinawa ist die letzte strategische Festung des Pazifikkriegs, die noch unter Kaiser Hirohitos Kontrolle ist. Wenn die Amerikaner die Insel einnehmen, wären sie Tokio nahe genug, um dort Bomben abzuwerfen. Außer für die beiden Kriegsparteien ist der Konflikt inzwischen irrelevant geworden. Den Rest der Welt beschäftigt die Nachricht vom Tod Adolf Hitlers, der in seinem Berliner Bunker in die Enge getrieben worden war. In fünf Tagen wird Nazideutschland kapitulieren, und die USA und Japan werden den Weltkrieg hier zu zweit fortführen wie eine letzte persönliche Angelegenheit, die sie noch zu klären haben.

An diesem Donnerstag, dem 3. Mai 1945, ist der Himmel in zweierlei Hinsicht klar: weder ein Wölkchen noch ein feindliches Flugzeug am Horizont. Mit zwölf Knoten gleitet das Schiff unter Commander Bill Sanders durch die regungslosen Gewässer. Die dreihundert Seeleute an Bord nutzen die Ruhe zum Lesen, Kartenspielen oder Briefeschreiben an ihre Verlobten zu Hause. Innerhalb der letzten anderthalb Monate haben die Amerikaner im Kampf um Okinawa an der Meeresfront schon zwanzig der hundert hier stationierten Zerstörer verloren, allesamt versenkt von

Kamikazefliegern. Die USS Aaron Ward hat bislang neun Selbstmordattacken unbeschadet überstanden, weil die japanischen Flugzeuge vor ihrem Ziel abgeschossen werden konnten. Die Kaltschnäuzigkeit der Männer ist umso bemerkenswerter, da ein Großteil der Mannschaft sich erst kürzlich freiwillig gemeldet hat.

Im Falle eines Alarms klettert die Besatzung auf die Geschütztürme, aber in der Zwischenzeit macht jeder sein Ding. Auf der Schiffsbrücke befinden sich die Kommandozentrale mit den Radar- und Funkgeräten, die Schlafkojen, die Küche, der Speisesaal und die Wäscherei. Unter Wasser regiert die *black gang*, Männer mit rußverschmierten Gesichtern, die die Maschinen bedienen. Eine Gruppe ist für den Motorenraum zuständig, die andere für den Kesselraum. Dort werden die Kessel befeuert, die den Dampf für die gigantischen Schiffsturbinen produzieren. Diese zweite Einheit besteht aus sechzehn Seeleuten, die dem Kommando von drei erfahrenen Offizieren unterstehen. Darunter der Maat Robert Nichols aus New Albany, Indiana. Es ist der erste Einsatz des Schülers, seit er sich im Mai 1944 freiwillig gemeldet hat. Er ist erst achtzehn Jahre alt.

Um 18.22 Uhr wird der Seemann am Radargerät von einem blinkenden Punkt auf seinem grünen Bildschirm aus dem Dämmerzustand gerissen. Ein Schwarm Vögel? Darauf ist er schon mal reingefallen, und der Alarm hatte keine weiteren Folgen, außer dass sechsundzwanzig Geschosse auf eine Gruppe friedliebenden Federviehs in Winkelformation gefeuert worden waren. Der Punkt verschwindet. Und taucht wieder auf, diesmal begleitet von einem noch eindringlicheren Piepsen. Der Störenfried befindet sich etwa hundert Kilometer südlich von ihnen und steuert mit rund dreihundert Stundenkilometern auf das Schiff zu. Vögel sind nicht in diesem Tempo unterwegs.

»Bereit zum Gefecht!«, schreit der Petty Officer und löst den Großalarm aus. Die Männer, eben noch im Ruhemodus, stürzen aus ihren Betten, lassen ihre aufgeschlagenen Bücher und umgekippten Kaffeetassen liegen. Der junge Nichols und seine Kameraden von der *black gang* klettern die Leitern zu den Geschosstürmen nach oben, genau wie der Rest der Mannschaft. In der Kommandozentrale spannt die Lage sich an. »Da hat wohl jemand Lust, die Hölle von innen zu sehen«, murmelt ein selbstbewusster Offizier.

Um 18.29 Uhr taucht im Licht der untergehenden Sonne ein dunkler Stecknadelkopf auf. Der japanische Sturzbomber ist jetzt weniger als zehn Kilometer entfernt und nähert sich mit Höchstgeschwindigkeit. Mit einer synchronen Bewegung schwenken die beiden Zwillingsgeschütztürme am Bug des Schiffs in seine Richtung. Robert Nichols steht hinter einem der Geschütze in Position. Er ist ein Glied der Menschenkette, die die Waffe mit Munition versorgt. Der Angreifer ist gerade noch sechs Kilometer entfernt, als der Feuerbefehl erteilt wird. Etwa zehn Sekunden später steigt eine schwarze Rauchwolke auf. Aber zum Aufatmen ist es zu früh: Das abstürzende Flugzeug setzt zu einem langsamen Sinkflug in Richtung des Schiffs an. Die Männer feuern weiter und zielen dabei auf die Tragflächen, um den Absturz zu beschleunigen. Schließlich verendet die fliegende Bombe nicht einmal hundert Meter von der Brücke entfernt in einem Geysir aus Gischt. Ein Teil des Motors wird aus den Wellen hochgeschleudert und trifft Nichols' Turm, aber niemand wird verletzt.

Unterdessen taucht auf dem Radar ein zweiter Bomber auf. Alle bleiben auf ihren Posten; ein Kamikazeangriff kommt selten allein. Dieses Mal wird der Gegner in sicherer Entfernung ausgeschaltet und verschwindet in den Fluten. Trotzdem werden von einem Turm ohne Unterbrechung weiter Flakgranaten abgefeuert. Einer der Schützen hat in der Ferne mit bloßem Auge einen dritten Angreifer ausgemacht, noch bevor er auf dem Radar aufgetaucht ist. An seinem Rumpf ist eine Zweihundert-Kilo-Bombe fixiert. Die Maschine setzt zum Suizidflug an und weicht dabei den Granatsalven aus. Sechs Kilometer vom Ziel entfernt wird sie getroffen, verliert ihre zerstörerische Mission aber auch im Sinkflug nicht aus den Augen. »Den machen wir kalt«, ruft einer der am Heck positionierten Schützen. Sekundenbruchteile später wird er von seinem Posten geschleudert, als Schlag auf Schlag zwei Explosionen das stählerne Monster ins Schlingern bringen. Wenige Meter vor dem Zusammenprall hat das Flugzeug die Bombe abgeworfen. Sie trifft den Schiffsrumpf unter der Meeresoberfläche. Das Flugzeug selbst stürzt in die Aufbauten nahe der Brücke. Durch eine rund zwölf Meter lange Öffnung strömt Wasser in den Maschinenraum. Ein Deck höher steht alles in Flammen, und die Überlebenden stolpern in den schwarzen Rauchschwaden über die zerfetzten Körper ihrer Kameraden.

Aber das Martyrium ist für den Zerstörer noch nicht durchgestanden. Im Laufe der nächsten fünfzig Minuten wird die Aaron Ward von sieben weiteren Kamikazefliegern angegriffen, von denen fünf ihr Ziel erreichen. Als die Scheinwerfer der USS Shannon, die das Schiff abschleppen soll, in der Ferne auftauchen, ist kaum mehr von ihm übrig als ein Klumpen geschmolzener Stahl. Nur einer der Türme mit den Flakgeschützen am vorderen Schiffsteil ragt noch unbeschadet empor wie eine Blume im Misthaufen. Die Brücke ist schon auf die Höhe des Meeresspiegels abgesunken, der Rumpf steht bereits vollständig unter Wasser. Auf die Seeleute der Shannon, die an Bord klettern, wartet ein Blutbad. Die Bilanz der Schlacht ist fürchterlich und zugleich unverhofft gut: Von den dreihundert Männern der

Mannschaft sind zweiundvierzig tot und hundert verletzt. Der Rest ist unversehrt.

Robert Nichols ist einer der Glücklichen. Abgesehen von ein paar Metallsplittern in Rücken und Hüfte hat er keine schweren körperlichen Schäden davongetragen. Die Druckwelle der ersten Explosion hatte ihn fast über die gesamte Brücke geschleudert. Als er sich wieder gesammelt hatte, sah er einen Offizier, der mit ausgestreckten Armen eine Granate vor sich hertrug, als Munitionsnachschub für eine der Kanonen. Gerade als Nichols ihm seine Hilfe anbot, erschütterte die zweite Explosion den Zerstörer, woraufhin die Granate herunterfiel, ihrerseits losging und den Offizier zerfetzte. Dann, erinnert sich Nichols, sah er einen verstümmelten Mann auf der Brücke liegen und machte sich auf die Suche nach jemandem aus dem Sanitätsteam. Aber dann kam die dritte Explosion. Als der Rauch sich lichtete, war von dem Schwerverletzten nichts mehr übrig außer einem Klumpen Fleisch. Danach wurde der Maat in den Maschinenraum beordert. Es galt, das Wasser, das bereits das ganze Schiff mit sich in Tiefe zu reißen drohte, herauszuschöpfen. Aber das Bild, das Nichols im Gedächtnis bleibt, ist das eines einsamen braunen Stiefels, den er kurz nach dem ersten Zusammenstoß auf der Brücke liegen sah. Das Modell ließ keinen Zweifel zu: Er stammte von dem Kamikazepiloten. Der Fuß steckte noch darin.

Das Wrack der Aaron Ward wird zum nahe gelegenen Stützpunkt Kerama Retto geschleppt. Dort legt es in den Morgenstunden des 4. Mai an. Die Verletzten werden versorgt. Die am schwersten Betroffenen werden aus dem Militärdienst entlassen, die anderen – wie zum Beispiel Nichols – bekommen die Erlaubnis, nach Hause zurückzukehren. Sie alle werden im Namen des Präsidenten mit Militärverdienstorden behängt. Das Schiff selbst wird als irreparabel eingestuft und in den Hafen von New York geschickt, wo es ausgemustert und abgewrackt wird. Während der Zerstörer seine letzte Reise in Richtung New York Bay antritt, setzen die Vereinigten Staaten mit zwei Atombomben auf Hiroshima und Nagasaki am 6. und 9. August einen Schlusspunkt hinter den Pazifik- und den Weltkrieg. Innerhalb von weniger als vier Monaten hat die Meeresschlacht von Okinawa neuntausend amerikanische Soldaten das Leben gekostet, größtenteils getötet von einem der tausendvierhundertfünfundsechzig Flugzeug-Suizide der japanischen Armee. Es ist der tödlichste Konflikt in der Geschichte der Navy.

Bei seiner Rückkehr nach New Albany wird Robert Nichols als der Held gefeiert, der er ist. Dem Reporter des *Courier-Journal*, der ihn befragen will, als er aus dem Flugzeug steigt, erzählt er von den »zweiundfünfzig Minuten in der Hölle«, die er durchlebt hat. »Ich werde nie aufhören, mich zu fragen, wie ich das überstehen konnte«, sagt er. »Sechsmal habe ich dem Tod ins Auge geblickt, und sechs Wunder sind geschehen, sodass ich ihm jedes Mal von der Schippe springen konnte. Als endlich alles vorbei war, dachte ich nur noch daran, nach Hause zu kommen.« In Ermangelung einer Verlobten habe Nichols abends in der Koje Briefe an seine Mutter geschrieben: Sie möge für ihn beten. Dank ihr habe er überlebt.

Am Ende des Gesprächs lässt Nichols durchklingen, dass er sich nach seinem Heimaturlaub vielleicht wieder verpflichten will. Das ist gelogen. Der Albtraum des 3. Mai hat ihn zu einem anderen Menschen gemacht. Seine neue Philosophie: Wenn einem der Krieg erklärt wird, hat man natürlich keine Wahl und muss für sein Land kämpfen. Aber der Krieg an sich ist völlig sinnlos: Man sollte zuerst und immer den Weg des Friedens gehen. Jetzt, wo der Weltkrieg zu Ende ist, kommt es für Nichols nicht mehr infrage, in der Armee zu dienen. Nicht lange nach dem Interview stopft er – in der Privatsphäre seines Elternhauses, nur unter den Augen seiner Mutter – seine Navy-Uniform in einen Kohleeimer und verbrennt sie.

Das einstöckige Domizil der Nichols in der 1823 Center Street ist eher ein Häuschen als ein Haus. New Albany liegt im Speckgürtel von Louisville, der Wirtschaftsmetropole Kentuckys. Nur der Ohio River, der auch die Grenze zwischen Kentucky und Indiana bildet, trennt die beiden Orte voneinander. Mitte der vierziger Jahre ist die Region mit zwei Ford-Werken und mehreren berühmten Bourbon-Brennereien eine Industriehochburg. Roberts Mutter, Alpha Nichols, geborene Schreiber, arbeitet als Modeschöpferin bei M. Fine & Sons, dem Herrenausstatter auf der East Main Street. Sein Vater, Silas Nichols, Veteran des Ersten Weltkriegs, ist als Facharbeiter bei W.R. Martin in Louisville angestellt, einer Werkstatt, in der Werkzeugmaschinen repariert werden. Alpha ist autoritär und aufbrausend, Silas unterwürfig und zurückhaltend. Die beiden haben am 9. Mai 1914 geheiratet. Ihr erster Sohn John verstarb schon als Kleinkind. Danach bekamen sie drei weitere Kinder: James kam 1924 zur Welt, Robert 1926 und Marvin, das Nesthäkchen, 1929.

Robert Nichols ist zur Armee gegangen, noch bevor er die High School beendet hatte. Einen Schulabschluss hat er deshalb nicht und kann sich jetzt, wo er wieder Zivilist ist, nicht am College einschreiben. Aber Coca-Cola sucht hier und überall im Land Lieferwagenfahrer, die Bars und Restaurants mit dem Softdrink ausstatten: Das wird Roberts erste Stelle. Nichts Aufregendes, aber er lernt dadurch das Nachtleben in der Gegend kennen, die Orte, an die man geht, um zu sehen und gesehen zu werden. Robert spielt seit seiner Jugend Kontrabass. Nach seiner Rückkehr von der Front hat er mit drei Bekannten eine Band gegründet, die Hillbilly-Musik spielt, ein Subgenre der Countrymusik mit Südstaateneinschlag, mit Geige und Banjo, vertreten beispielsweise durch den Klassiker »Cotton-Eyed Joe«. Mit der Band läuft es gut. Die begehrtesten Gigs mit den besten Gagen spielen sie in Square-Dance-Lokalen. Diesen simplen Tanzstil bringt man mit Countrymusik im Allgemeinen in Verbindung.

Während eines solchen Tanzabends, bei dem Robert Nichols mit seiner Band spielt, sticht ihm auf der Tanzfläche ein hübsches Mädchen ins Auge, eine herausragende Tänzerin. Die siebzehnjährige Laverne Korte verdankt ihre schmale Taille und ihre Wendigkeit nicht nur dem Tanz, sondern auch dem Basketball, den sie in ihrer High School in Louisville auf hohem Niveau spielt. Sie ist zierlich, hat langes schwarzes Haar und haselbraune Augen. Sie geht gerne tanzen, auch ohne Partner. Allein ist sie aber nicht: Ihr Vater Herman, unter der Woche Möbelschreiner, wirft sich am Wochenende, um sein Einkommen aufzubessern, ein bunt geschmücktes Outfit über und gibt den *dance caller*. Er sagt also durch sein Mikrophon die Choreographien an.

Laverne und Robert verlieben sich auf den ersten Blick. Sie heiraten am 9. Januar 1946, nicht einmal sechs Monate nach ihrer ersten Begegnung. Am Tag der Zeremonie trägt die Braut ein langes Kleid aus blauem Krepp mit weißen Rosen am Mieder.

Neunzehn Tage zuvor ist der achtjährige Joseph Chandler auf einer texanischen Straße, tausendvierhundertvierzig Kilometer Richtung Westen, tödlich verunglückt.

+++

Als Veteran und junger Ehemann steht Robert Nichols auf der Prioritätenliste für städtischen Wohnraum ganz weit oben. Das Paar zieht in eine frisch aus dem Boden gestampfte Wohnsiedlung in New Albany, die aus doppelstöckigen Häusern für je zwei Parteien besteht. Nach mehreren Fehlgeburten bringt Laverne 1947 Phil und 1949 Charles zur Welt. 1952 zieht die Familie innerhalb der Siedlung in eine Dreizimmerwohnung um, die genug Platz für ein drittes Kind bietet. Dieses Kind, David, wird zwei Jahre später geboren. Nichols bewirbt sich bei General Electric. Der amerikanische Megakonzern hat gerade einen riesigen Industriestandort in Louisville eröffnet: vierhundert Hektar für die Produktion von Haushaltsgeräten. Der Familienvater hat keine Ausbildung, kann sich aber ein heimliches Talent zunutze machen: Er ist ein herausragender Zeichner. In der High School hat er Kurse in Technischem Zeichnen belegt, und in seiner Freizeit fertigt er gern Bleistiftskizzen von Flugzeugen an. Das multinationale Unternehmen gibt ihm eine Chance und bietet ihm in der Abteilung Industriedesign eine Stelle auf der untersten Sprosse der Karriereleiter an.

Die Nichols bilden einen gemeinsamen Haushalt, als Familie kann man sie kaum bezeichnen. Genau wie sein Vater ist auch Robert ein extrem zurückhaltender Mann, ein Schatten im eigenen Haus. Mit seiner Frau spricht er kaum, mit den Kindern noch weniger. Weder Wut noch Freude sind ihm je anzumerken. Abends und am Wochenende sitzt er in seinem Sessel, liest Zeitung oder macht einfach gar nichts. Sein einziges Hobby besteht – soweit die Familie weiß – darin, in der Garage an einem persönlichen Projekt zu basteln, das der außergewöhnliche Heimwerker schon vor dem Krieg begonnen hat: ein selbst gebautes Maschinengewehr. Ein Wunderwerk der Technik, das er aus

Holzresten und Metallstücken improvisiert. Am Ende sieht die Waffe täuschend echt aus und kann sogar Plastikkugeln verschießen.

Laverne ist nicht viel herzlicher als ihr Ehemann. Ihre Werte – harte Arbeit und Genügsamkeit – verdankt sie dem frommen katholischen Vater, der aus Deutschland eingewandert ist. Gemeinsam mit ihrem einzigen Bruder ist sie auf einem abgelegenen Bauernhof in Indiana aufgewachsen, vierzig Kilometer nördlich von Louisville. Jeder Zeitvertreib wurde dort als sinnlose Ablenkung betrachtet. Herman produzierte nicht nur Möbel in seiner eigenen Werkstatt und arbeitete als *dance caller*, er bewirtschaftete auch sein Land. Die Familie war nicht arm, lebte aber sparsam. Als kleines Mädchen fand Laverne an Weihnachten ein Paar Socken unter dem Baum. Zu ihrem Geburtstag, drei Tage später, gab es gar keine Geschenke und auch keine Festlichkeiten. Da verwundert es kaum, dass Geburtstagen auch in der Familie Nichols keine besondere Aufmerksamkeit zuteilwurde.

Nur ein einziges Mal trotzt Laverne ihrer Erziehung: Zum achtundzwanzigsten Geburtstag ihres Ehemanns beschließt sie, einen Schokoladenkuchen zu backen. Nichols ist eingeweiht. Nach dem Abendessen, das die Familie wie immer in der beengten Küche einnimmt, ruft er plötzlich mit einem Enthusiasmus, den man von ihm ganz und gar nicht gewohnt ist: »Es ist Zeit für den Kuchen!« Der siebenjährige Phil und der fünfjährige Charles sitzen brav am Tisch, haben ihre Teller aber noch nicht leer gegessen. »Warte, bis die Kinder fertig sind«, bremst die Mutter ihren Ehemann. Der fügt sich seinem Schicksal geduldig. Dann wird das mit Kerzen geschmückte Gebäck endlich auf den Tisch gestellt. Noch bevor seine Frau Zeit hat, ein Messer aus der Schublade zu nehmen, versenkt Robert seine bloße Hand in dem

Kuchen, reißt ein üppiges Stück davon ab und stopft es sich mit zufriedener Miene in den Mund. Allen Anwesenden verschlägt es die Sprache. Phil, der schon alt genug ist, um sich seinen Teil zu denken, ist in zweierlei Hinsicht verblüfft: Erstens ist es das erste Mal, dass sein Vater innerhalb der Abläufe im Haushalt seinem eigenen Willen Ausdruck verliehen und danach gehandelt hat. Und zweitens ist das Ergebnis dieses Willens, gelinge gesagt, irritierend.

Die Situation trägt zu dem Unbehagen bei, das Phil seinem merkwürdigen Vater gegenüber empfindet. Er hasst ihn nicht, nicht wirklich. Er hat einfach keine Ahnung, wer dieser Mann, mit dem er gezwungen ist zusammenzuleben, eigentlich ist. Ab und zu wird Robert Nichols von seiner Frau ermahnt, seinen Söhnen, wenn schon keine Zuneigung, doch zumindest ein bisschen Beachtung zu schenken. Dann nimmt er die beiden Ältesten mit zu einem Baseballspiel und kauft ihnen Fähnchen und Hot Dogs. Dazu kann selbst der schlechteste Vater nicht Nein sagen. Während der Nationalhymne erhebt er sich, legt die Hand aufs Herz und lauscht. Dann setzt er sich wieder, wartet auf das Ende des Spiels und damit auf das Ende der Zeit, die er mit seinen Kindern verbringen muss. Er klopft ihnen nie auf die Schulter, wirft ihnen nie einen zärtlichen Blick zu. Ihre Mutter lässt sich wenigstens ab und an zu einem Kuss oder einer flüchtigen Umarmung herab, führt aber gleichzeitig die Familientradition der Kortes fort, die körperliche Züchtigung mit einem Ledergürtel, den sie immer griffbereit hat. Bräuchten die Nichols-Kinder ein »Ich hab dich lieb«, um in den Schlaf zu finden, wären ihre Nächte kurz.

1959 kauft Robert das erste neue Auto des Haushalts, einen Ford-Kombi, das perfekte Familienauto. Wiederum unter dem Druck seiner Frau packt er ein Zelt in den großen Kofferraum und geht mit seinen Jungs in den umliegenden

Wäldern campen. Er sorgt dafür, dass das Zelt steht, den Rest des Tages sollen sich Phil und Charles allein in der Natur vergnügen.

Bei der Arbeit scheint sich Nichols ein bisschen mehr zu entfalten. Im Kollegenkreis fällt er als besonders talentiert auf. Das öffnet ihm Türen nach oben. Sein Chef schätzt ihn so sehr, dass er ihn zum Ingenieur befördern will. Dafür braucht Nichols einen College-Abschluss, und General Electric willigt ein, diesen zu finanzieren. Die neue Stelle geht mit häufigen Dienstreisen einher. Das inspiriert Laverne, die ihrem Mann gegenüber sonst genauso wenig Gefühle zeigt wie den Kindern, plötzlich zu dramatischen Eifersuchtsszenen. Dass er weit weg ist und sich womöglich mit Gott weiß wem herumtreibt, gefällt ihr nicht. Die drei Schwangerschaften haben Laverne ihre Modelfigur gekostet, seither steigt ihr Gewicht stetig an. Ihre Gewichtsprobleme machen sie reizbar und misstrauisch. Robert, der geborene Blitzableiter, lässt ihre Gefühlsausbrüche über sich ergehen, ohne mit der Wimper zu zucken.

Eines Abends 1962 rufen die Eltern ihre drei Söhne, inzwischen fünfzehn, dreizehn und acht Jahre alt, nach dem Abendessen noch einmal an den Küchentisch. Laverne und Robert sitzen ihnen mit verschlossenen Mienen gegenüber, der Abstand zwischen ihren Schemeln ist größer als normalerweise.

»Okay, spuck's aus!«, befiehlt die Ehefrau ihrem Mann.

Robert betrachtet ein Staubkorn auf dem Fußboden.

»Wir trennen uns, eure Mutter und ich.«

»Wir trennen uns nicht nur, wir lassen uns scheiden«, korrigiert Laverne.

Eine Erklärung liefern die beiden ihren Söhnen nicht. Sie fügen nur hinzu, dass Phil und Charles selbst entscheiden können, beim wem sie wohnen wollen. Der kleine David muss bei seiner Mutter bleiben. Robert ist derjenige, der seine Koffer packt.

Ein paar Tage später fährt Phil mit einem Freund durch die Innenstadt von Louisville, als an einer roten Ampel unvermittelt sein Vater neben ihnen auftaucht. Robert Nichols sitzt am Steuer eines Wagens, der eindeutig nicht der Familienkombi ist. Er wartet auf der rechten Spur, ein bisschen weiter hinten, aber es besteht kein Zweifel: Er muss es sein. Neben ihm sitzt eine etwa zwanzigjährige Frau mit rotem Haar. Der Vater scheint seinen ältesten Sohn nicht zu bemerken, obwohl dieser sogar das Fenster herunterkurbelt, um seine Aufmerksamkeit zu erregen: »Dad!« Roberts Kopf bewegt sich keinen Millimeter. Aber die Rothaarige hat Phil gehört. Sie schaut vom Vater zum Sohn und zurück, wirkt erstaunt und gleichzeitig amüsiert, als hätte sie gerade einen guten Witz gehört. Dann wird die Ampel grün, und im Verkehr verlieren die beiden Autos sich aus den Augen.

Als Phil am späten Nachmittag nach Hause kommt, ist sein Vater noch nicht zurück, die Mutter aber schon.

»Du wirst nicht glauben, wen ich im Auto auf dem Preston Highway gesehen habe.«

»Wen denn?«

»Dad. Und zwar mit einer verdammt hübschen Rothaarigen.«

Laverne schweigt. Zwei Tage später packt Robert seine Sachen in den Kofferraum des Ford-Kombis und verlässt das Haus endgültig.

Phil und Charles haben sich im Konflikt ihrer Eltern längst für eine Seite entschieden: Sie bleiben bei ihrer Mutter. Nicht unbedingt, weil das die bessere Option wäre; es ist eher das geringere Übel. Laverne lässt als Mutter zu wünschen übrig, aber Robert kann man nicht einmal wirklich als Vater bezeichnen. Außerdem hat er nicht das geringste Interesse gezeigt, das Sorgerecht für seine Kinder zu übernehmen. Der älteste Sohn ist erleichtert, dass sein Erzeuger, der sich dem Leben im Allgemeinen und seinen Söhnen im Speziellen gegenüber so stoisch gibt, endlich das Feld räumt. Um sich im Stich gelassen zu fühlen, hätte er sich irgendwann erst einmal geliebt fühlen müssen. Umso surrealer erscheint die Rückeroberungsoffensive, die sein Vater doch noch unternimmt.

Eines Nachmittags parkt er in einem makellosen roten Ford-Cabrio mit weißer Innenausstattung vor dem Haus. Phil ist gerade von der Schule nach Hause gekommen, Laverne ist noch bei der Arbeit. Sie hat jetzt, als geschiedene Frau, eine Stelle als Pflegehelferin im Krankenhaus angenommen. Die Rothaarige hat auf jeden Fall den Jackpot gewonnen, denkt der Teenager, als er den neuen Sportwagen von der Veranda aus in Augenschein nimmt. Sein Vater hat einen Gesichtsausdruck aufgesetzt, den er selbst wohl für ein Lächeln hält.

»Hey, hättest du nicht Lust, bei mir zu wohnen? Wir könnten in eine andere Stadt ziehen, weit weg von hier, und viele tolle Sachen unternehmen, nur wir beide.«

Viele tolle Sachen unternehmen, nur wir beide.

Soll das ein Witz sein? In den letzten gut fünfzehn Jahren hat Robert Nichols kein einziges Mal den Wunsch geäußert, etwas »Tolles« mit einem seiner Kinder zu unternehmen. Er musste immer dazu gezwungen werden, und wenn er nachgab, machte er die ganze Zeit über ein Gesicht wie sieben Tage Regenwetter.

»Fahr zur Hölle«, sagt Phil nur und knallt die Tür zu.

Jahre später wird der älteste Sohn seine Reaktion bereuen. Aber in diesem Moment beschreiben die Worte äußerst passend das tiefe Gefühl, das er dieser billigen Ausrede von einem Vater entgegenbringt, diesem Mann, der sich um nichts wirklich schert, am allerwenigsten um seinen Sohn.

Wenig später verlässt Robert die Gegend und zieht sechshundert Kilometer Richtung Norden nach Dearborn bei Detroit, an die Westküste des Lake Erie. Dort findet er eine Stelle als Ingenieur beim Hersteller eines Einsitzers, der für das Indy 500, das jährliche Traditionsautorennen auf dem Indianapolis Motor Speedway, entworfen wurde. Phil glaubt, dass seine Beziehung mit diesem komischen Kauz sich damit endgültig erledigt hat. Aber schon einen Monat nach dem Umzug tritt er wieder in Erscheinung. »Kinder, euer Vater will, dass ihr ihn alle drei besuchen kommt«, verkündet Laverne. »Ihr fahrt mit dem Zug, er hat euch Fahrkarten gekauft.« Zunächst sind die Brüder alles andere als begeistert, aber die Zugfahrt reizt sie dann doch. Auf eigene Faust unterwegs sein, ein Abenteuer erleben, das Land ohne Aufsicht durchqueren wie Erwachsene. Wenn das nicht toll klingt!

Als sie mitten in der Nacht am Bahnhof in Detroit ankommen, empfängt Robert seine Kinder mit der gewohnten emotionalen Zurückhaltung. Phil hat sich ausgemalt, dass ihr Vater ihnen sein neues Haus zeigen, sein neues Leben präsentieren wird. Falsch gedacht. Robert lädt sie ins Auto, sie lassen die Lichter der Stadt hinter sich und parken schließlich vor einem Motel am Stadtrand. Dort setzt er die Brüder in einem schon bezahlten Zimmer ab und braust wieder davon. Die drei Jungs, mitten im Nirgendwo auf sich allein gestellt, können es kaum glauben.

Am nächsten Tag holt Robert seine Söhne an der Rezeption ab und fährt mit ihnen nach Dearborn zum Henry Ford Museum, dem größten Automobilmuseum der Welt. Genau wie früher bei ihren Ausflügen ins Stadion oder in den Wald erinnert er eher an einen Onkel, der den Babysitter spielt. Abends bekommt jeder der Brüder einen Burger, dann werden sie, wie am Abend zuvor, wieder im Motel abgesetzt. Am zweiten Tag fahren sie mit dem Cabrio über die kanadische Grenze zum Freizeitpark Boblo Island. Vor jedem Fahrgeschäft, das die Jungs interessiert, setzt Robert sich auf eine Bank und wartet, bis sie fertig sind.

Phil findet, dass sich dieser lachhafte Besuch so langsam ganz schön in die Länge zieht. In New Albany trifft er sich seit einiger Zeit mit Pam, einem fünfzehnjährigen Mädchen. Auf der Rückbank des Chevrolet seiner Mutter haben die beiden gemeinsam die Freuden der Sinnlichkeit entdeckt. Er vermisst sie, also verbringt er den Großteil der Nacht damit, über das Telefon im Motelzimmer mit ihr zu quatschen. Als sie am nächsten Morgen zum Empfang kommen, zankt ihr Vater schon mit der Rezeptionistin, die ihn informiert hat, dass wegen der Telefonkosten acht zusätzliche Dollar anfallen. Robert ist außer sich. Er erklärt den Besuch für beendet, bezahlt die Rechnung und setzt die Jungs ohne ein weiteres Wort am Bahnhof ab.

Sie werden ihren Vater nie wiedersehen.

Und auch der Rest des Nichols-Clans – seine Eltern, seine Brüder James und Marvin, Laverne – bekommt Robert nie wieder zu Gesicht.

+++

Ganz abgeschlossen ist Robert Nichols' erstes Leben damit aber noch nicht. Aus der Ferne kümmert er sich weiter um die Scheidungsformalitäten. Am 19. März 1964 wird die Scheidung dann vom Gericht in Louisville beschlossen. Im Jahr darauf schreibt er einen Brief an seine Eltern, die noch in der 1823 Center Street in New Albany leben. Versendet aus Dearborn am 17. Januar 1965. Robert dankt seiner

Mutter für die alten Familienfotos von einem Weihnachtsfest, die sie ihm geschickt hat – »vor allem die von Phil, die ich vergessen hatte« – und zeigt sich plötzlich nostalgisch:

Diese Fotos erinnern mich daran, wie gut es wirklich tut, Weihnachten zu Hause zu verbringen. Genau wie es in dem Lied heißt: »Wirklich gut geht es einem nur daheim.«

Zwei Monate später, am 9. März 1965, schreibt er seinen Eltern erneut, diesmal eine kurze Postkarte.

Liebe Mom, lieber Dad,
ich mache mich auf in Richtung Westen. Alles ist gut.
Macht euch keine Sorgen.
Robert

Der Poststempel stammt aus Stroud, Oklahoma, einem Städtchen auf halber Strecke zwischen Michigan und der Pazifikküste und fünfundvierzig Autominuten von Tulsa entfernt, wo der kleine Joseph Chandler mit seinen Eltern lebte.

Am 20. März 1965 erhalten Alpha und Silas Nichols einen dritten Brief von ihrem Sohn. Der Poststempel verrät, dass er per Express aus Kalifornien verschickt wurde, obwohl als Absender ein Postfach in Dearborn angegeben ist. Zwei Seiten lang schwärmt Robert von seinem Umzug an die Westküste – »Hier wollte ich schon immer leben« – und berichtet, dass er eine Arbeit als Designer gefunden hat. Seinen Arbeitgeber nennt er nicht. Die Bezahlung sei nicht so gut wie in Detroit, aber der Vertrag sehe viele Dienstreisen vor. Er mache das mit seinen Spesenabrechnungen wieder wett, schreibt er. Der Brief endet mit:

Macht euch bitte keine Sorgen um mich. Es geht mir gut, und ich bin glücklich. Ich werde euch so oft wie möglich schreiben und euch auf dem Laufenden halten.
Robert

Dieses Versprechen wird Robert brechen. Dieser Brief ist das letzte Lebenszeichen von ihrem Sohn, das die Nichols-Eltern je erreichen wird.

Vor seinem ersten Tod und seiner Auferstehung mit der neuen Identität verschickt Robert Nichols noch ein letztes Mal Post aus Kalifornien. Im Herbst 1965 kommt der Umschlag im Ausbildungscamp der Air Force in Biloxi, Mississippi, an, wo Roberts ältester Sohn Phil dient. Er entdeckt ihn in seinem Postfach und öffnet ihn sofort.

Er erkennt die Handschrift, sein Vater hat die Adresse auf den Umschlag geschrieben. Aber darin ist kein Brief, keine Unterschrift, kein weiteres Wort. Ganz leer ist der Umschlag aber auch nicht: Ein Penny liegt darin.

Jahre später, als Phil Nichols längst klar ist, dass sein Vater nicht wiederauftauchen wird, fragt er seine Mutter, wer von den beiden die Initiative ergriffen hat, sich scheiden zu lassen. »Robert«, antwortet sie. »Er erklärte es nicht weiter, er sagte nur: ›Zum richtigen Zeitpunkt wirst du den Grund erfahren.‹«

9

Am 20. Juni 2018 bekommt der Journalist James Renner einen unerfreulichen Anruf. In vierundzwanzig Stunden soll der Reporter des alternativen Magazins *Cleveland Scene* nach Los Angeles fliegen und Colleen Fitzpatrick für einen Artikel über die Macht der genetischen Erbforschung interviewen. Die NGO, die sie und Margaret Press kürzlich gegründet haben, konnte zwar noch keinen *cold case* aufklären, aber dass im April der jahrzehntelang flüchtige Golden State Killer mithilfe ähnlicher Methoden, wie auch die beiden Frauen sie verwenden, identifiziert werden konnte, weckt große Hoffnungen.

Colleen ist es auch, die James Renner anruft. Sie hat schlechte Nachrichten: Obwohl es seit Monaten vereinbart war, kann das Treffen nicht stattfinden. Sie bleibt vage, der Grund für die Absage muss vertraulich bleiben. Renner ist aufgebracht, beschließt aber, den Flug trotzdem wahrzunehmen. Er hat noch andere Termine in der Gegend.

Ein paar Minuten später ein weiterer Anruf, diesmal von Peter Elliott. Der Marshal und der Journalist kennen sich schon lange, sie haben aufgrund gemeinsamer Interessen unzählige Male zusammengearbeitet und schätzen sich gegenseitig.

»Was machst du morgen?«, fragt Elliott.

»Ich fliege geschäftlich nach L. A.«

»Du solltest besser in Cleveland bleiben.«
»Wieso?«
»Vertrau mir einfach.«

Der Reporter stellt den Zusammenhang nicht her und steigt in den Flieger nach Kalifornien. Bei der Landung geht ein SMS-Schauer von Kolleginnen und Kollegen auf ihn nieder. »Bist du nicht bei der Pressekonferenz? Sie wissen, wer Chandler ist!« Colleen Fitzpatrick hat ihn versetzt, weil sie nach Cleveland gereist ist und gemeinsam mit dem U.S. Marshal just in diesem Moment Seite an Seite die großen Neuigkeiten verkündet. Eigentlich nur ein kleines Ärgernis – würde Renner damit nicht den Epilog einer bizarren Angelegenheit verpassen, die sich für ihn in den letzten zwölf Jahren zu einer regelrechten Obsession entwickelt hat.

James Renners Karriere gründet – ohne Übertreibung und seiner eigenen Aussage nach – voll und ganz auf seiner zwanghaften Persönlichkeit. Und auf der unglückseligen Geschichte einer verhinderten Liebe auf den ersten Blick.

Als der elfjährige James Amy Mihaljevics Gesicht zum ersten Mal sah – ihre kastanienbraunen Augen, ihr verschmitztes Lächeln, ihr seitlich sitzender Pferdeschwanz –, verstand er, was Liebe bedeutete. Wie ungerecht, dass sie nicht an seiner Schule war, oder besser noch in seiner Klasse, dachte er wütend, dann hätte er den Unterricht damit zugebracht, ihr hinter dem Rücken der Lehrer Liebesbriefchen zu schreiben, um sie zu erobern. Er lebte in einem südlichen Vorort von Cleveland, sie in einem westlichen. Zumindest hatte sie dort gelebt, vor ihrer Entführung. Die beiden Kinder waren sich nie begegnet: James verliebte sich in Amy, als ihr Schulfoto in den Lokalnachrichten ausgestrahlt wurde. Jemand hatte sie in einem Einkaufszentrum, in dem sie auf der Suche nach einem Geschenk für ihre Mutter gewesen war, gekidnappt.

Obwohl ein Phantombild des Täters veröffentlicht wurde, ergaben die Ermittlungen nichts. Deshalb beschloss James, sich selbst um die Angelegenheit zu kümmern. Auf dem Schulweg musterte er jeden Passanten. Er musste den Entführer in der Menge identifizieren und ihn dazu bringen, das Versteck seiner Geliebten zu verraten. Jeden Abend klebte er vor dem Fernseher und notierte sich jedes neue Indiz, das die Polizei zu dem Fall gesammelt hatte. Seine Bemühungen reichten nicht aus. Hundertvier Tage nach Amys Verschwinden berichteten die Lokalsender, dass ihre Leiche in einem Weizenfeld gefunden worden war. Sie war missbraucht und dann stranguliert worden.

2003 hatte Renner, inzwischen Journalist, das pfiffige Lächeln, das sein Kinderherz damals eroberte, noch immer nicht vergessen. Amys Mörder war weiterhin auf freiem Fuß, und er beschloss, seine Recherchen zu dem Fall dort wieder aufzunehmen, wo sie fünfzehn Jahre zuvor geendet hatten. Er befragte Zeugen, Polizisten und Familienangehörige, nahm alte Spuren, die zu schnell abgeschrieben worden waren, wieder auf und folgte neuen Spuren, die es noch zu verifizieren galt. Die journalistische Ethik fordert eine gewisse Distanz zum behandelten Thema. Darüber kann Renner nur lächeln: Das ist nicht mehr als ein frommer Wunsch; ein Journalist, der über die Fakten berichtet, ohne sich je darin zu verstricken, ist nicht viel mehr wert als ein Diktiergerät. Die Medien haben eine Aufgabe in der Gesellschaft, und was Kriminalfälle angeht, lautet diese: dort weitergraben, wo die Polizei gescheitert ist. Den Mörder überführt James nicht, aber aus den monatelangen Ermittlungen sind mehrere Artikel und 2006 schließlich ein Buch entstanden: *Amy: My Search for Her Killer*. Auf dem Cover ist das Schulfoto des Mädchens zu sehen.

Die Veröffentlichung des Berichts hatte zwei Folgen.

Zum einen trat sie eine Flut von neuen Hinweisen los, zum anderen löste sie bei Renner Angstzustände und Paranoia aus. Er war davon überzeugt, dass der Typ vor ihm in der Supermarktschlange kleine Mädchen im Keller eingesperrt hatte. Die Antidepressiva halfen nicht, und er suchte eine Psychotherapeutin auf. Diese führte einen Persönlichkeitstest mit ihm durch, um mögliche psychotische Störungen festzustellen. Demselben Test unterzieht die CIA ihre Bewerberinnen und Bewerber. »Ihre Ergebnisse sind denen des Serienmörders Ted Bundy sehr ähnlich«, teilte die Psychologin ihm mit. Renner litt an einer Art umgekehrtem Stockholm-Syndrom: Seine Jagd auf einen Wahnsinnigen hatte bei ihm selbst psychopathische Eigenschaften ausgelöst. Um nicht den Boden unter den Füßen zu verlieren, solle er, so kontraintuitiv es auch erscheint, weiter über Kriminalfälle schreiben. »So können Sie diese Schattenseite ihrer Persönlichkeit kanalisieren«, meinte die Therapeutin.

Unter den außergewöhnlichen Angelegenheiten, die Renner in seiner Umhängetasche mit sich herumschleppt, ist auch die eigenartige Geschichte des Joseph Chandler. 2003 hatte er den ersten Artikel im *Plain Dealer* gelesen, der über die Herausforderungen berichtete, die das große Puzzlespiel für Tom Doyle bereithielt. Der Bericht über den toten Betrüger und Einsiedler, der in seinem praktisch leeren Studioapartment weder einen Fingerabdruck noch einen einzigen Hinweis auf sein früheres Leben hinterlassen hatte, faszinierte ihn sofort. Ein bizarreres Rätsel könnte man sich kaum ausdenken, davon war er überzeugt. Inzwischen steckte der Fall in einer Sackgasse, aber allein wegen der Schönheit des Geheimnisses lohnte es, sich hineinzustürzen. Die Recherchen zu dem Identitätsdiebstahl hatten im Gegensatz zu den Ermittlungen zu einem Kindsmord außerdem den Vorteil, seine paranoiden Neigungen nicht allzu stark zu befeuern. Renner fuhr also nach Eastlake und traf Detective Chris Bowersock, der die Leiche des Rentners gefunden hatte, seinen ehemaligen Lubrizol-Kollegen Mike Onderisin und ein paar weitere Protagonisten der Story. Renner war der Erste, dem die besorgniserregende Ähnlichkeit zwischen Joseph Chandler und Stephen Campbell auffiel, der wegen des Mordversuchs an seiner Frau seit 1982 von den Wyoming Marshals gesucht wurde. Vor seiner Flucht war Campbell ein einsamer begnadeter Elektroingenieur gewesen, der in seiner Freizeit eigene Gerätschaften entwarf und bastelte. Der Reporter publizierte die Ergebnisse seiner Arbeit 2008 in einem Sammelband über die zwölf größten Geheimnisse der Kriminalgeschichte Clevelands.

Als Peter Elliott den Fall Chandler 2014 wieder aufnahm, griff er sofort zum Telefon, um Renner anzurufen. Im Laufe der Zeit hatten die beiden Männer Vertrauen zueinander aufgebaut, und der Reporter wurde für Elliott eine Art Filter für den Informationsfluss auf Reddit. Das amerikanische Social-Media-Netzwerk ist der Zufluchtsort für *web sleuths* – »Netzspürhunde« – Hobbyermittler, die sich großer ungelöster Kriminalfälle annehmen und diese bis ins letzte Detail zerpflücken, um ihnen auf den Grund zu gehen. Die meisten sind Spinner, aber es sind auch ehrlich engagierte Leute darunter, die in der Lage sind, nützliche Informationen auszuwerten oder zumindest abseits der traditionellen Medien zu verbreiten.

Peter Elliott bat den Journalisten also in sein Büro. Er habe eine Überraschung für ihn. Als James Renner ankam, lagen auf dem großen runden Tisch alle Beweisstücke aus der Akte Chandler ausgebreitet: der Revolver, die Seiko-Uhr, die Brille, die beiden Ratgeber darüber, wie man Geld machen kann, die Geburtsurkunde des echten Joseph

Chandler und sogar das White-Noise-Gerät, das im Safe des Toten gefunden worden war. In den Augen eines Mannes, der so wenig besessen hatte, mussten diese Kleinigkeiten Gold wert sein. Sie verliehen der absurden Story aus der Rubrik »Vermischtes« plötzlich eine viel realere Dimension. Sie wurde durch den Anblick greifbar und auch ein bisschen trauriger. Ob der Kram nun einem kleinen Betrüger oder einem gefährlichen Kriminellen gehört hatte, vor allem enthüllte er die Realität eines alten, isolierten und von den eigenen Marotten gepeinigten Mannes.

Renner bekam die Erlaubnis, die Beweisstücke zu fotografieren und seine Schnappschüsse in den Foren für *cold cases* auf Reddit zu teilen, natürlich ohne seine Quelle zu nennen. 2016 kam der Marshal noch einmal auf ihn zurück. Er bat ihn, die Anekdote über Chandlers Penisverletzung online zu verbreiten. Masturbation mithilfe eines Staubsaugerrohrs ist eine doch recht exotische Sexualpraxis und hinterlässt bei den Menschen, die sie direkt oder indirekt miterlebt haben, einen bleibenden Eindruck – daher das Interesse, möglichst viele Menschen an dem Vorkommnis teilhaben zu lassen.

Unter den Netzdetektiven wurde der Fall Chandler über Nacht zum Hit. Im Sub-Reddit Unsolved Mysteries mit seinen hundertfünfzigtausend Mitgliedern wurde er zu einem der meistdebattierten Themen. Die Spekulationen über die wahre Identität des Rentners waren grenzenlos und reichten von Jim Morrison bis hin zu einem Ex-CIA-Spion, der sich mit der Behörde überworfen hatte. Manche glaubten, aus der Anekdote der Kostüm-Geburtstagsfeier den entscheidenden Hinweis ableiten zu können: Unter dem Vorwand, sich verkleidet zu haben, könnte Joe in seiner Aufmachung als Mafiaboss sein wahres Gesicht gezeigt haben.

Sehr verbreitet war auch die Auffassung, das Führerscheinfoto des Rentners ähnele dem Phantombild von Dan Cooper. Unter diesem Decknahmen bestieg ein Mann am 24. November 1971 ein Flugzeug von Portland nach Seattle. Er trug einen langen schwarzen Regenmantel und hatte eine Aktentasche bei sich. Kurz nach dem Start teilte er der Stewardess mit, in der Tasche befinde sich eine Bombe, und forderte, man möge ihm bei der Landung in Seattle einen Rucksack mit zweihunderttausend Dollar und vier Fallschirme übergeben. Die übrigen Passagiere wurden über die Geschehnisse im Dunkeln gelassen, aber die Crew informierte die Airline, die entschied, der Forderung nachzukommen. Auf dem Rollfeld stiegen die Passagiere aus, als wäre nichts gewesen. Dem Piraten, der an Bord geblieben war, wurden das Lösegeld und die Fallschirme übergeben. Er verlangte daraufhin weiterzufliegen, diesmal mit geringerer Geschwindigkeit. Fünf Minuten nach dem Start sprang er mit seiner Beute aus einem Notausstieg. Er wurde nie gefasst und bis heute nicht identifiziert. Abgesehen von einer fragwürdigen, aber nicht völlig abwegigen äußerlichen Ähnlichkeit waren Joseph Chandler und Dan Cooper 1971 in etwa gleich alt. Außerdem verband sie ihre überdurchschnittliche Intelligenz, eine offenkundige Kaltblütigkeit und ein ausgeprägter Sinn für Diskretion.

+++

Am 21. Juni 2018 um dreizehn Uhr eröffnet Peter Elliott in Cleveland die Pressekonferenz. Das Ereignis wird von einem lokalen Sender live auf Facebook übertragen und bald von Tausenden von Internetnutzern mitverfolgt, die sich brennend für das Schlusswort dieser Geschichte interessieren. Neben dem Marshal und der Stammbaumforscherin Colleen Fitzpatrick sind auch der Chef des Eastlake Police Department, der Bürgermeister, der Ex-Lieutenant Tom

Doyle und ein Überraschungsgast anwesend, den keiner der anwesenden Journalistinnen und Journalisten erkennt. Als er seinen Namen hört, nähert sich der alte, gebeugte Mann dem Rednerpult. Trotz seines fortgeschrittenen Alters ist die Ähnlichkeit zu den Fotos des jungen Robert Nichols, die neben ihm an einem Whiteboard hängen, deutlich erkennbar. Es ist Phil, der älteste der drei Nichols-Brüder. Er ist inzwischen siebzig Jahre alt und trägt die gleiche klobige Brille wie damals sein Vater. Sein hellblaues Polohemd und seine ausgewaschene Jeans stehen im Kontrast zu der förmlichen Kleidung derjenigen um ihn herum, die offizielle Ämter bekleiden. Er spricht mit dem typischen Arbeiterklassedialekt des Mittleren Westens. »Vorhin hat mich jemand gefragt, wie meine Stimmung ist. Ich verspüre meinem Vater gegenüber keinerlei Feindseligkeit. Ich habe ihm immer gewünscht, dass er irgendwo ein glückliches Leben findet«, sagt er mit rauer Stimme.

Der Abgleich von Phil Nichols' DNA mit der des namenlosen Rentners hat das letzte Puzzleteil geliefert. Dank des Stammbaums, den Colleen Fitzpatrick und Margaret Press zusammengestellt hatten, fand Peter Elliott Phils Adresse online im Personenstandsregister. Er lebt in Cincinnati, im Süden Ohios, nur drei Autostunden von Cleveland entfernt. Der Marshal und ein uniformierter Deputy klingelten an seiner Tür. Sie enthüllten den Grund für ihren Besuch nicht sofort. Zunächst befragten sie ihn zu seiner Vergangenheit, seiner Kindheit, seinen Eltern. Als der Vater, der sich einfach in Luft aufgelöst hatte, zur Sprache kam, baten sie um Fotos. Phil hatte drei Stück, keines davon datiert: eines vom Schulfotografen aus der High School, eines in Anzug und Krawatte und einen Schnappschuss, der auf dem Bürgersteig vor dem Haus der Familie aufgenommen worden war und auf dem Robert Nichols, im kurzärmligen Hemd und mit einem breiten Lächeln auf den Lippen, mit einem Revolver auf seinen Betrachter zielte. Damit waren die Marshals sicher, ihr Ziel erreicht zu haben, und berichteten Phil vom Grund ihres Besuchs.

Als er die Wahrheit über die letzten Lebensjahre seines Vaters erfuhr, verspürte Phil eine Art Erleichterung, die Erleichterung derjenigen, die es nicht schaffen, vollständig zu resignieren; die der Hoffnung keinen Platz mehr einräumen, sie aber trotzdem nie ganz abschütteln können. Er stimmte zu, eine Speichelprobe abzugeben. Aber eigentlich hatte schon allein der Anblick von Phils Gesicht im Türspalt Peter Elliott davon überzeugt, dass sie im Begriff waren, einen Schlusspunkt hinter sechzehn Jahre der Ahnungslosigkeit zu setzen.

Oder zumindest hinter ein Kapitel davon.

Ein Vorhang ist gefallen. Aber das Phantom von Eastlake ist ein Rätsel mit doppeltem Boden.

Jetzt ist zwar bekannt, wer sich hinter dem Namen Joseph Chandler verbirgt, nicht aber, was er zu verbergen hatte.

+++

Peter Elliott war, ebenso wie James Renner, instinktiv immer davon überzeugt, dass der namenlose Rentner ein Krimineller von Format war. Deshalb haben sich die beiden Männer so leidenschaftlich in diese merkwürdige Sache vergraben. Seit die wahre Identität Chandlers bekannt ist, hat sich diese Überzeugung nicht nur gefestigt, sie hat sich potenziert. Nichts in Robert Nichols' bekannter Vergangenheit erklärt den Identitätsdiebstahl und die Anstrengungen, die er unternommen hat, um anonym zu bleiben. Als sie das Porträt des jungen Familienvaters aus New Albany und das seines Alter Egos aus Eastlake nebeneinanderlegen, kommen der Marshal und der Journalist zum selben Schluss: Der innere Feind, dem Robert Nichols so verzweifelt zu entkommen versuchte, waren weder die Ehe noch die Vaterschaft, weder die Last der gesellschaftlichen Erwartungen noch die Schatten des Kriegs.

Es war die Zeit.

In den USA verjähren alle Verbrechen – außer Gewalttaten.

Zwischen seinem Verschwinden 1965 und seinem Wiederauftauchen unter falschem Namen 1978 muss Robert Nichols ein drittes Leben geführt haben. Das Leben eines Mörders, der ungestraft davongekommen ist.

In einer Fülle vager Indizien erkennen die beiden Männer ein Bild, das so spektakulär ist, dass es bislang als absurder Scherz abgetan worden war.

Das düstere Bild des legendären Zodiac-Killers.

10

Der Zodiac-Killer ist für die USA, was Jack the Ripper für Großbritannien ist: ein gesichtsloser Serienkiller, der die einschlägigen Sparten der Zeitungen längst hinter sich gelassen hat und zu einem popkulturellen Phänomen geworden ist.

Vierundfünfzig Bücher, neununddreißig Filme – Spielfilme und Dokus – und Tausende von Artikeln wurden dem rätselhaften Fall schon gewidmet. Über fünfzig Jahre nach den Taten löst noch immer jede mikroskopisch kleine Wendung und jede vermeintlich neue Spur ein Medienbeben aus und erschüttert die Presse rund um die Welt. Manche behaupten, der Zodiac-Killer habe das Konzept des Serienmörders im engeren Sinne begründet: Im Gegensatz zum Massenmörder wählt ein Serienmörder seine Opfer nicht zufällig aus, sondern folgt dabei seiner eigenen Logik und einem sich wiederholenden Motiv. Er baut seine Leichensammlung auf wie ein Künstler sein Werk.

Nicht ein Toter im Gehölz gibt den Anstoß für die Ermittlungen, sondern eine Reihe von vier handgeschriebenen Briefen, die am 1. April 1969 zugestellt werden. Drei sind an verschiedene Zeitungen in San Francisco adressiert, der vierte an die Polizei. In angeberischem Tonfall bekennt der Verfasser sich zu mehreren Morden durch eine Schusswaffe, die einige Wochen zuvor in der Gegend begangen wurden.

Drei Menschen, zwei Teenager und eine junge Frau, wurden dabei in ihren Autos ermordet. Abgesehen von dem Geständnis enthalten die Briefe eine Folge von vierhundertacht kryptischen Piktogrammen, ein Code, hinter dem sich angeblich die Identität des Täters verbergen soll. Sechs Tage später wird ein weiterer Brief an die Presse geschickt. Darin sind Details über die Verbrechen zu lesen, die nur der Mörder selbst kennen kann. Das Schreiben wird mit der Formulierung eröffnet, auf die der Mythos später gründen wird – »Hier spricht der Zodiac« –, und schließt mit einem Symbol, das an eine Zielscheibe erinnert – ein Kreis mit einem Kreuz darin.

Auf weitere Morde folgen weitere Briefe. Jeder davon enthält ein neues verschlüsseltes Kryptogramm. In seinem zwanzigsten Schreiben vom 29. Januar 1974 an den *San Francisco Chronicle* zieht der Zodiac-Killer Bilanz seiner kriminellen Odyssee: siebenunddreißig Opfer. Die Polizei von San Francisco schreibt ihm offiziell nur sieben zu, fünf Tote und zwei Verletzte, alles Schüler oder Studierende. Die Taten wurden zwischen Dezember 1968 und Oktober 1969 im Umkreis von hundert Kilometern in der San Francisco Bay Area begangen. Trotz Ermittlungen von gigantischem Ausmaß, in die auch die CIA involviert war, und der Untersuchung von zweitausendfünfhundert Verdächtigen bleiben die Verbrechen bis heute ungesühnt.

In den Ermittlungen zum Fall Chandler tauchte der Zodiac – ein Wink des Schicksals? – zum ersten Mal schon am 2. Mai 2005 auf, in einem Brief an das Eastlake Police Department, zu Händen Lieutenant Tom Doyle. Verfasst hatte ihn Mia Marcum, die Vorsitzende der NGO Doe Network des Bundesstaats Ohio, die Verstorbene ohne Identität mit Akten vermisster Personen verknüpft und ihnen damit wieder einen Namen gibt. Der Brief betonte die Gemeinsamkeiten zwischen dem Körperbau des Rentners und dem des kalifornischen Mörders, laut den Beschreibungen seiner überlebenden Opfer. Die Größe, ein Meter siebzig, stimmte, und beide Männer hatten braunes Haar. Keine besonders überzeugende Spur.

Durch einen seltsamen Zufall trifft nur eine Woche später ein Fax bei der Polizei ein, das in dieselbe Kerbe schlägt. Es wurde aus New Jersey verschickt, von jemandem, der sich intensiv mit dem Rätsel um den Zodiac auseinandergesetzt hat und im Internet auf die Geschichte des namenlosen Rentners gestoßen ist. Daraufhin hatte er die Idee, seinen Decknamen in die Onlinedatenbank verstorbener Sozialhilfeempfänger einzugeben. Dort fand er einen Joseph Chandler, geboren 1940 und verstorben 1994, dessen letzte bekannte Adresse in San Rafael, in der San Francisco Bay Area, verzeichnet war. Der Amateurermittler merkte selbst an, dass Geburts- und Todesdaten nicht zu denen des Phantoms von Eastlake passten und dass es sich auch einfach um einen Namensvetter handeln könne. Aber selbst wenn es wirklich derselbe Mann gewesen wäre: 1994 in der Bay Area gelebt zu haben, bedeutet noch nicht, dass man fünfundzwanzig Jahre zuvor Unschuldige ermordet hat.

Besonders ernst konnte man das alles nicht nehmen.

+++

Was die Theorie im Jahr 2018 weniger lachhaft macht, ist eine Reihe besorgniserregender Gemeinsamkeiten zwischen den beiden Fällen, die bei der Rekonstruktion von Robert Nichols' Leben nach und nach ans Licht kommen.

1) Der Poststempel aus Napa:

Die vier Tatorte des Zodiac-Killers verteilen sich über ein großes Gebiet im Norden Kaliforniens. Von den sieben Opfern, die ihm von den Behörden offiziell zugeschrieben werden, wurden allerdings zwei am Ufer des Lake Berryessa ermordet, in Napa County, in dem auch die gleichnamige Stadt liegt, achtzig Kilometer nördlich von San Francisco.

Als Roberts ältester Sohn, Phil Nichols, Peter Elliott die Anekdote von dem Umschlag erzählt, den sein Vater ihm geschickt hat und der nichts enthielt außer einem einzelnen Penny, will der Marshal diesen sehen. Der alte Mann entschuldigt sich: Er habe sich dieser schlechten Erinnerung längst entledigt. Aber ein Detail ist ihm im Gedächtnis geblieben: Der Poststempel stammte aus Napa, wo Robert Nichols also wahrscheinlich lebte, eine halbe Autostunde vom Lake Berryessa entfernt. Der Brief wurde im Herbst 1965 verschickt, nur vier Jahre vor den Taten.

2) Der Brief aus Richmond:

Robert Nichols' letzter Brief an seine Eltern vom 20. März 1965 trägt einen Poststempel aus Richmond, einer mittelgroßen Stadt in der San Francisco Bay Area. Der Zodiac hat dort niemanden ermordet, aber die Stadt liegt genau in seinem Jagdgebiet, auf halbem Weg zwischen Valejo und dem Viertel Presidio Heights in San Francisco, zwei der vier Tatorte. 1969, im Jahr der Morde, schrieb Nichols: »Ich lebe gerne hier«, und berichtet, er habe eine gute Arbeit gefunden, zwei Hinweise, dass er in der Gegend bleiben wollte.

3) Der Fall Cheri Jo Bates:

Ein Jahr nach seiner Scheidung schrieb Robert Nichols an das Gericht von Louisville und bat um eine Kopie der Scheidungsdokumente, die er angeblich nie erhalten hatte. Der Antrag, den Peter Elliott an sich bringt, wurde am 4. Juli 1965 gestellt. Unter dem Namen Nichols ist eine Adresse in Los Angeles angegeben, im schicken Viertel Brentwood.

Am 30. Oktober 1966 wird die achtzehnjährige Cheri Jo Bates auf dem Campus von Riverside, im Großraum Los Angeles, erstochen. Einige Ermittler sehen darin die erste Tat des Zodiac: Das Opfer war Studentin, der Mörder hat sich in zwei anonymen Briefen an eine Lokalzeitung und an die Polizei vor Ort zu den Taten bekannt. Einen Monat später wird unter einem Schreibtisch in der Unibibliothek ein makabres Gedicht entdeckt und dem Mörder zugeschrieben. Es ist mit Initialen unterzeichnet: ein »R« wie Robert, gefolgt von einem schlecht erkennbaren Buchstaben, der je nach Interpretation ein »N« wie Nichols sein könnte oder ein »H«.

4) Die Handschrift:

Nichols schrieb, genau wie der Zodiac, ausschließlich in Druckgroßbuchstaben. Die zwei Handschriften ähneln sich graphisch sehr. Sie haben wenig verbreitete Ticks gemeinsam, wie zum Beispiel die Tendenz, den Raum zwischen zwei Wörtern, die zu weit auseinanderstehen, mit einem Komma auszufüllen. Außerdem unterlaufen sowohl dem Zodiac als auch Nichols trotz eines generell eher gehobenen Sprachniveaus Schreibfehler bei recht gewöhnlichen Wörtern. Der Mörder schreibt statt *»button«* zum Beispiel *»buton«*, Nichols *»thaught«* statt *»thought«*.

Zu dieser Liste kommen noch einige vagere Punkte hinzu. So glauben manche Experten, der Zodiac müsse eine Vergangenheit bei der Navy gehabt haben. Ein Fußabdruck von einem der Tatorte passte zu einem Stiefelmodell, das bei der Marine sehr verbreitet war. Ein FBI-Profiler charakterisierte den kalifornischen Psychopathen außerdem als hochintelligenten Einzelgänger, der an einer Form der sozialen Paranoia litt – eine Beschreibung, die auf Nichols zutreffen könnte.

Und dann sind da noch die Faktoren, die nicht passen.

Wenn Nichols wirklich der Zodiac-Killer war und ihm seit 1969 jeder Polizist des Landes auf den Fersen war, warum hätte er bis 1978 warten sollen, um sich eine neue Identität zuzulegen? Der Rentner aus Eastlake ähnelt dem Phantombild, das die Polizei in San Francisco erstellt hat, außerdem nur mit sehr viel Phantasie, obwohl beide eine Brille trugen. Was den Mord an Cheri Jo Bates angeht: Auch wenn die Möglichkeit nicht vollständig ausgeschlossen werden kann, glaubt das Riverside Police Department nicht, dass die Tat von dem mysteriösen Serienmörder begangen wurde.

These, Antithese. Alles in allem hält Peter Elliott es für möglich, dass ein vernünftiger Mensch in Robert Nichols und dem kalifornischen Killer ein und dieselbe Person sehen könnte.

Kurz bevor die Identität des Phantoms öffentlich gemacht wurde, hat der Marshal sich telefonisch mit der Polizei in San Francisco und Napa ausgetauscht. Seine Gesprächspartner lauschten der Theorie mit gedämpftem Enthusiasmus und teilten nur ausgewählte Teile ihrer Akten mit ihm. Als Elliott vorschlägt, Nichols' DNA zur Verfügung zu stellen, damit diese mit der des Zodiac abgeglichen werden kann, sind die kalifornischen Ermittler zunächst zurückhaltend, und das mit gutem Grund: Sie verfügen nur über ein sehr unvollständiges genetisches Profil des Mörders. Es stammt von einer Briefmarke auf von dem Killer versendeter Post, aber niemand kann mit Sicherheit sagen, ob es sich wirklich um die DNA des Täters handelt. Ende der sechziger Jahre gab es noch keine standardisierten Verfahren zur Sicherung von Beweismitteln, und jeder Polizist oder jede sonst irgendwie am Fall beteiligte Person hätte den Umschlag in der Hand haben können. Die beiden DNA-Proben wurden trotzdem abgeglichen, eine Übereinstimmung wurde nicht festgestellt. Um die Hypothese völlig zu entkräften, reicht das aber nicht aus.

Die Spur des Zodiac ist weder gut noch schlecht. Sie führt einfach nur in eine Sackgasse.

+++

Peter Elliott sorgt dafür, dass die drei inzwischen ausgeblichenen Fotos, die der Sohn des mysteriösen Betrügers zur Verfügung gestellt hat, während der gesamten Pressekonferenz gut sichtbar vor den Kameras platziert sind. Zum Schluss richtet der Marshal sich noch mit ernster Stimme an mögliche Zeugen. Zwischen 1965 und 1978 muss dieser seltsame Mann in Kalifornien oder in dem Vorort von Detroit oder in South Dakota oder sonst irgendwo doch die Aufmerksamkeit einer Kollegin, eines Verkäufers oder einer Nachbarin auf sich gezogen haben – durch seine abnormale Schweigsamkeit, seine bizarren Angewohnheiten oder eine schräge Anekdote. Selbst die unbedeutendste Erinnerung könnte helfen, ihn zu einem bestimmten Zeitpunkt an einem bestimmten Ort zu platzieren: eine neue Chance, ihn mit einem ungelösten Verbrechen in Verbindung zu bringen. »Nichols wollte nicht, dass irgendjemand erfährt, wer er war, weder zu seinen Lebzeiten noch nach seinem Tod. Irgendjemand da draußen muss über den Schlüssel verfügen, der uns hilft, der Sache auf den Grund zu gehen«, erklärt Elliott.

Zusätzlich zur Devise der U.S. Marshals folgt Peter Elliott auch seiner eigenen. Wenn ein Fall sich ihm entzieht und ihn zu entmutigen droht, erinnert er sich an den höheren Sinn seiner Mission: »Ein Verbrechen fordert immer mehr Opfer als nur das Opfer.« Familie, Freundinnen, Kollegen. Die Menschen, die von der Druckwelle der Explosion mitgerissen werden, so wie Robert Nichols am 3. Mai 1945. Die Toten müssen gewürdigt werden, aber für Gerechtigkeit zu sorgen, ist besonders wichtig für diejenigen, die zurückbleiben.

2023, fünf Jahre nach seinem erfolglosen Aufruf an mögliche Zeugen, setzt Peter Elliott, angetrieben von derselben Intuition, seine Ermittlungen fort.

Irgendwo muss irgendwer dieselbe Hoffnung hegen: dass die Wahrheit irgendwann ans Licht kommt.

Der Sticker

Epilog

Der Niedergang der Metropolen des Mittleren Westens, die von der Verlagerung von Arbeitsplätzen ins Ausland schwer gebeutelt wurden, ist gut dokumentiert. Am stärksten war Detroit betroffen, aber auch Chicago und Pittsburgh: Unzählige Studien aus den Wirtschaftswissenschaften und der Soziologie widmen sich diesen Städten und analysieren deren langen Weg in Richtung Resilienz. Nur Cleveland fehlt auf der Liste. Das Schicksal des ehemaligen Industrie-Kleinods von Ohio wurde gleichgültig hingenommen, kein Experte hielt es je für nötig, sich näher damit zu befassen.

Die verbliebenen Geheimnisse des Falls Chandler klärt dieser Umstand zwar nicht auf, aber er erhellt vielleicht den tieferen Sinn der ganzen Geschichte: Es geht darin nicht nur um einen Identitätsdiebstahl. Es geht vor allem ums Verschwinden. Das Verschwinden eines ökonomischen Gartens Eden im Chaos der Globalisierung. Das Verschwinden vom Radar der medialen und akademischen Aufmerksamkeit eines abgeschlagenen, aber nicht gestürzten Amerikas, das zwischen den Stühlen sitzt. Das Verschwinden eines Zeitalters vor sozialen Medien und digitalem Tracking, in dem man den Schatten der Vergangenheit entfliehen konnte und eine realistische Hoffnung bestand, ihnen tatsächlich zu entkommen. Das Verschwinden eines Ehemanns und

Familienvaters, Robert Nichols, der wusste, dass er hier ein zweites Leben nach seinen Vorstellungen führen konnte: still und heimlich, vor der Welt verborgen.

Mit Mühe wandte sich »The Cleve« in den Achtzigern von der Stahlproduktion ab und der Dienstleistungsbranche zu. Die Wirtschaft der Stadt wurde auf Banken, Versicherungen und die Gesundheitsbranche umgepolt. Der Terminal Tower, der Art-déco-Wolkenkratzer, der einst das Goldene Zeitalter der Industrie symbolisierte, ist ein Sinnbild für diesen Wandel. 1991 verliert er seinen Titel als höchster Wolkenkratzer der Stadt an ein Gebäude der Regionalbank Key. Die nationale Presse hat die Metropole immer gern »Mistake by the Lake« genannt. Jetzt verleiht sie ihr den schmeichelhafteren Spitznamen »Comeback City«. Diese Renaissance weckt Hoffnung und lässt Cleveland von einer Zukunft als touristisches Reiseziel träumen. 1994 wird ein immenser Sportkomplex inklusive eines ultramodernen Stadions eröffnet, im darauffolgenden Jahr das Rock-'n'-Roll-Museum. Die Stadt rühmt sich damit, die erste vollständig dem Genre gewidmete Radiosendung hervorgebracht zu haben. Die beiden Projekte sollen auch Downtown Cleveland wiederbeleben, das nach Jahren der Bevölkerungsflucht und der steigenden Kriminalität ausgestorben ist.

In den Zweitausendern hat Cleveland seine ehemalige Strahlkraft zwar nicht wiedererlangt, sich aber zu einer mittelgroßen Stadt mit einigem Wohlstand entwickelt. Womit aber wirklich niemand gerechnet hat: Cleveland ist cool geworden. Der zweiundfünfzigjährigen Pechsträhne, während der die drei Sportmannschaften der Stadt – American Football, Basketball, Baseball – keinen einzigen landesweiten Titel holen konnten, wird mit dem Wechsel von LeBron James zu den Cleveland Cavaliers endlich ein Ende gesetzt. Einst wurde die Stadt für die dort herrschende Ruhe verspottet, plötzlich wird diese zum neuen Ideal vieler Erschöpfter, die dem Tumult der Megalopolen entfliehen, sich aber auch nicht in einem Wohnwagen im Nirgendwo in Kentucky niederlassen wollen. Am Wochenende kann man hierher entkommen, am Ufer des Lake Erie ein Eis essen, ein Konzert des weltberühmten Stadtorchesters besuchen oder in eines der zehn Theater am Playhouse Square gehen, abgesehen vom Broadway das Stadtviertel mit den meisten Theatern in den USA. 2010 bringt der ehemalige Schandfleck des Mittleren Westens die Sitcom *Hot in Cleveland* an den Start. Darin geht es um drei zynische Kalifornierinnen in ihren Vierzigern, die zufällig in der Stadt stranden und dort wieder auf den Geschmack der simplen Freuden des Lebens kommen. Eine Folge der Serie *30 Rock*, die 2016 ausgestrahlt wurde und in Cleveland spielt, vervollständigt dieses Bild. Ein Zitat daraus wurde sogar zum geflügelten Wort: »Let's go to Cleveland« bedeutet so viel wie »Komm, wir lassen dieses verrückte Leben hinter uns« oder »Lass uns raus ins Grüne fahren«.

Eastlake hat es schließlich auch noch in die Geschichtsbücher geschafft, und zwar, wie zu erwarten, auf ziemlich seltsame Art und Weise. Am 14. August 2004 erlebt der Nordosten der Vereinigten Staaten einen außergewöhnlichen Stromausfall. Fünfundfünfzig Millionen Amerikaner werden sieben Stunden lang von der Stromversorgung abgeschnitten, einige sogar noch länger. Die Bilanz von hundert Toten und sechs Milliarden Dollar Schaden verblasst angesichts des Traumas, das die Nation erlebt, eine Nation, die sich solchen Desastern überlegen gewähnt hatte. Da im nordamerikanischen Stromnetz alles miteinander verbunden und verknüpft ist, brauchen die Ermittler acht Monate, um den Patient Zero der Kettenreaktion zu identifizieren: das bescheidene Kohlekraftwerk in Eastlake. Die Äste eines

Baums, den man zu beschneiden versäumt hat, streifen einen Hochspannungstransformator und lösen damit einen Kurzschluss aus, der den Ball ins Rollen bringt. Tom Doyle, der sich ab und zu im Kraftwerk als Wachmann ein paar Dollar dazuverdient, ist an diesem Tag auch da. Er sitzt faul in seinem Wachhäuschen, als plötzlich ein ohrenbetäubender Knall ertönt. Daraufhin rennt sein panischer Chef, der Betriebsleiter, auf ihn zu und schreit: »Was ist passiert?« Und Tom antwortet: »Wenn diese Frage aus deinem Mund kommt, dann stecken wir wirklich in der Scheiße.«

Das Eastlaker Kohlekraftwerk ist eines der ersten Opfer von Barack Obamas Maßnahmen für den Klimaschutz. Bevor es 2012 abgeschaltet wird, waren dort noch dreihundertfünfzig Menschen beschäftigt. Die Einwohner sind wütend: Sie haben deutliche ökonomische Einbußen zu beklagen. Nach dem Wegfall der Kohlesteuer kann die Gemeinde dem Bankrott nur entgehen, indem öffentliche Dienstleistungen stark gekürzt werden, während die Steuersätze explodieren. Die Belegschaft der Polizei wird von vierzig auf zwanzig reduziert. Donald Trump baut im Präsidentschaftswahlkampf 2016 im Mittleren Westen weitgehend auf sein Vorhaben, den Kohlesektor wiederzubeleben. In Eastlake gewinnt er, genau wie im restlichen Bundesstaat, mit großem Vorsprung. Das Kohlekraftwerk wird nicht wieder in Betrieb genommen. Nur der riesige, inzwischen stillgelegte Schornstein ragt noch immer hoch in den Himmel.

+++

Mit Ausnahme von Detective Chris Bowersock, der inzwischen nach Arizona umgesiedelt ist, um dem schizophrenen Klima Nordohios zu entfliehen – »Schneien kann es auch im August«, warnt ein regionales Sprichwort –, leben alle Protagonisten der Chandler-Geschichte zwanzig Jahre nach dem Leichenfund noch immer in der Gegend. »Den Jungs vom FBI, die herkamen, um mit uns zusammenzuarbeiten, hat es hier auch super gefallen«, rechtfertigt sich Tom Doyle. »Sie meinten, Cleveland sei das bestgehütete Geheimnis Amerikas.«

Als sein alter Freund Peter Elliott ihm erzählte, er sei durch den Anruf bei den lokalen Krankenhäusern an eine Gewebeprobe des Rentners gekommen, ärgerte er sich, dass er nicht selbst auf diese Idee gekommen war. Seither versucht der pensionierte Lieutenant aufzuholen. Er interessiert sich sehr für Geschichte und hat sich auf Amazon ein Buch besorgt, das die Historie der USS Aaron Ward nachzeichnet. *Brave Ship, Brave Men* berichtet, basierend auf dem Logbuch der Offiziere und den Erzählungen von einigen Überlebenden, detailgetreu und minutengenau die vierundzwanzig Höllenstunden des Märtyrerschiffs. Im Anhang findet sich eine vollständige Liste der Besatzung, der das Werk gewidmet ist. Aber: Robert Nichols' Name fehlt und taucht im gesamten Bericht nirgendwo auf.

Log er über seine Heldenvergangenheit? Verschwand er und legte sich eine neue Identität zu, weil er fürchtete, eines Tages dafür zur Rechenschaft gezogen zu werden? Fiebrig wählt Tom Doyle Peter Elliotts Nummer, um ihm von seiner Entdeckung zu erzählen. Falsche Fährte. Nichols war am Tag des Angriffs tatsächlich auf dem Zerstörer, versichert Elliott. Seine Militärakte belegt das. Doyle bleibt seinem Ruf als sturköpfige Bulldogge treu und führt seither eigene Ermittlungen, um seine zweite Hypothese zu untermauern: Vielleicht gab es an Bord einen Vorfall, in den der junge Mann verwickelt war und der ein Geheimnis blieb – ein Geheimnis, auf dem seine verrückte Entscheidung Jahrzehnte später gründen könnte?

Tom Doyle ist nicht der Einzige, der denkt, dass der Rentner von Eastlake auch vor etwas anderem als einem Verbrechen geflohen sein könnte. Phil Nichols möchte gern glauben, dass der Schlüssel des Rätsels gar nicht so spektakulär ist: Sein Vater wollte wahrscheinlich einfach der Verpflichtung entfliehen, Unterhalt zu bezahlen, und mehr nicht. Robert Nichols war ein pathologischer Geizkragen. Kleidung, Ausflüge, die Ausstattung für die Schule – nie hat er auch nur einen Cent für seine Kinder ausgegeben. Der Teil der Kosten, für den er verantwortlich gewesen wäre, wurde immer von seinen Eltern oder Großeltern übernommen. Sein Sparsinn stachelte ihn auch zu einem erbitterten Kampf an, Phil von der katholischen Privatschule, die Laverne ausgesucht hatte, an eine öffentliche Schule wechseln zu lassen. Und es war schließlich auch die Geschichte mit der Telefonrechnung, die dem Besuch in Detroit ein so abruptes Ende bereitete. »Sie sind mir auf den Fersen«, flüsterte Joseph Chandler seinen Kollegen bei Lubrizol zu, bevor er wie vom Erdboden verschwand. Was, wenn er nicht das FBI meinte, sondern den Gerichtsvollzieher?

James Renner findet die Zodiac-Spur bis heute am überzeugendsten. Als er anfing, sich mit dem Fall zu beschäftigen, spürte er aber zunächst in seiner Phantasie einer Erklärung nach. Das Mysterium Chandler inspirierte seinen ersten Roman, *The Man from Primrose Lane*, der 2012 erschien. Darin geht es um David Neff, einen erfolgreichen True-Crime-Schriftsteller, der den ungesühnten Mord eines alten, schweigenden Eremiten in Akron, Ohio, untersucht. Die Anwohner nannten ihn den »Mann aus der Primrose Lane«. Sommers wie winters spazierte er mit einem Paar Fäustlingen durchs Viertel. Als der Reporter es schafft, in sein Häuschen vorzudringen, in dem kein einziger Fingerabdruck gefunden worden war, springt ihm das allumfassende Elend sofort ins Auge: Die Schubladen sind leer, in der Waschküche liegen nur zwei Hemden, im Bücherregal steht eine Handvoll Bücher, darunter *Gitarrespielen für Dummies* und *Den Weltuntergang überleben für Dummies*. Der Roman fängt an wie ein Krimi, im letzten Drittel wird er zu Science-Fiction: Der Mann aus der Primrose Lane stellt sich als Zeitreisender heraus, der aus der Zukunft gekommen ist, um den Selbstmord seiner Frau zu verhindern, der Frau von David Neff. Der behandschuhte Alte ist er selbst in dreißig Jahren.

Das Buch feierte beachtliche Verkaufserfolge, woraufhin Hollywood darauf aufmerksam wurde. Eine Fox-Serie mit Bradley Cooper wurde geplant, aber nie gedreht. 2023 entsteht ein Filmprojekt unter der Regie von Alexandre Aja, dem Sohn des französischen Schauspielers Alexandre Arcady, der in den USA Karriere macht. Für die französische Übersetzung wählte der Verlag den Titel *L'Obsession* – »Die Besessenheit« –, ohne zu wissen, dass dieser nicht nur die Suche David Neffs, sondern auch die Suche des Autors, der David Neff inspirierte, gut beschreibt.

Bei den Online-Spürhunden ist die Akte Chandler nicht mehr besonders beliebt. Die Enthüllung von Nichols' Identität hat den Enthusiasmus der Reddit-Ermittler stark gedämpft. Die Fotos seiner Besitztümer, die James Renner auf Peter Elliotts Bitte hin hochgeladen hat, sind noch immer online. In eines der Beweisstücke hatte der Marshal große Hoffnungen gesetzt, neue Zeugen auf den Plan zu rufen. Und er glaubt noch immer, dass es zur Auflösung des Falls führen könnte: ein Sticker der *Peanuts*-Comics. Der Rentner hatte ihn sorgfältig in seinem kleinen Safe in den Dover Apartments verstaut. Er bildet einen der Protagonisten der Reihe ab: Woodstock, das gelbe Vögelchen, der beste Freund von Snoopy, die einzige Figur in den Geschichten, die nie spricht. Besser gesagt drückt sie sich in einer unbekannten Sprache aus, die nur Snoopy versteht. Der Sticker zeigt den Vogel lächelnd, die Füße knapp über dem Boden und die Flügel ausgebreitet, als würde er gerade losfliegen. Darüber stehen die drei Wörter: *Way to go!* Dieser schwer übersetzbare Ausdruck bedeutet irgendwas zwischen »Gut gemacht!« und »Weiter so!« An der Copyright-Angabe ganz unten kann man ablesen, wann der Sticker produziert wurde: 1965. Und trotzdem sieht er aus wie neu, als er aus dem Tresor geholt wird. Das scheint darauf hinzudeuten, dass Nichols ihm großen sentimentalen Wert zuschrieb. Und dafür muss es einen Grund geben.

Mike Onderisin, Lubrizol-Kollege, Wohltäter des Phantoms und eine der wichtigsten Informationsquellen für die Ermittler, starb 2020. Im Alter von neunundsiebzig Jahren erlag er zu Hause in Painesville im Kreise seiner Familie einer Krebserkrankung. In den letzten Jahren seines Lebens öffnete er Journalisten nicht mehr die Tür. Die Ausmaße, die die ganze Geschichte sowohl medial als auch juristisch annahm, überforderten ihn. Marilyn Onderisin, die ein Thanksgiving-Dinner und die Geburtstagsfeier zu ihrem Fünfzigsten mit Robert Nichols verbracht hatte, hat ihren Mann überlebt. Sie lehnt Interviewanfragen grundsätzlich ab. Wenn der ehemalige Kollege ihres Mannes seine Geheimnisse mit ins Grab nehmen wollte, sollte ihm dieser Wunsch gewährt werden, findet sie. In privaten Gesprächen nennt sie ihn immer noch Joe.

Robert Nichols' Ex-Frau, die nach der Scheidung wieder Laverne Korte heißt, heiratet im Juli 1965 erneut, einen

Mann, den sie in einem Tanzkurs kennengelernt hat. John McBride ist Postbeamter und hat ebenfalls im Zweiten Weltkrieg gekämpft. Er ist als schwerer Alkoholiker von der Front heimgekehrt, trinkt schon vom Frühstück an literweise Bier. Der Suff macht ihn zeitweise gewalttätig, und Laverne entwickelt in diesem toxischen Umfeld eine Abhängigkeit von Beruhigungsmitteln, die sie sich im Krankenhaus, wo sie arbeitet, beschaffen kann. Eines Tages beschließt das von der Sucht schwer gebeutelte Ehepaar, sich Gott zuzuwenden und mithilfe des Glaubens abstinent zu werden. Die beiden werden tatsächlich zu engagierten Mitgliedern ihrer örtlichen Gemeinde und verbringen den Rest ihres Lebens gemeinsam, nüchtern und glücklich.

»Zum richtigen Zeitpunkt wirst du den Grund erfahren«, hatte Robert zu Laverne gesagt, als er sie verließ.

Aber sie stirbt 1992, im Alter von zweiundsechzig Jahren, ohne diesen Grund je herauszufinden.

David ist der erste ihrer drei Söhne, der ihr nachfolgt. Der Jüngste der Nichols-Geschwister stirbt 2015 im Alter von einundsechzig Jahren an einem Sinuskarzinom. Er war erst elf Jahre alt, als sein Vater die Familie verließ. Sein halbes Leben lang arbeitete er als Reinigungskraft bei Philip Morris, dann kündigte er und wurde Fernfahrer. Bis zu seinem Tod war er mit derselben Frau verheiratet, mit der er vier Kinder hatte. Von den drei Brüdern hat ihn das wunderliche Schicksal, das sein Vater gewählt hatte, zweifellos am wenigsten beeinträchtigt.

Charles, der mittlere Bruder, verbringt seinen Lebensabend in der grünen, hügeligen Natur im Nordosten Georgias. Er hat seine Jugendliebe geheiratet und ist nach Atlanta gezogen, um dort für Delta Airlines zu arbeiten. Ursprünglich wurde er als Haustechniker angestellt, erklimmt die Karriereleiter jedoch bis ins obere Management. Der Vater von vier Kindern ist ein introvertierter Mann, der kaum je über seinen abwesenden Vater spricht. Als Phil darüber nachdenkt, die Urne vom Friedhof in Painesville in das Familiengrab in New Albany zu verlegen, erfährt er endlich, welche Gefühle Charlie all die Jahrzehnte auf dem Herzen lasteten: »Ich gebe dafür keinen Cent aus! Der kann gern bleiben, wo er ist.«

Charles ist inzwischen dreiundsiebzig Jahre alt und lebt in einer Pflegeeinrichtung. Er leidet an Parkinson im fortgeschrittenen Stadium.

Die Asche seines Vaters ruht noch immer im Kolumbarium des Friedhofs in Painesville, hinter einer Platte, in die ein Name eingraviert ist, der nicht der seine ist.

Im Gegensatz zu seinem Bruder hat Phil es nie geschafft, die Spuren abzuschütteln, die das ganze Schauermärchen einer Familiengeschichte bei ihm hinterlassen hat. Jede Menge Whisky, Kokain, LSD, Obdachlosigkeit, Gefängnis, gescheiterte Ehen … Fünfzig Schattierungen ein und desselben Übels haben ihm das Leben schwer gemacht. Mit fünfzehn unternahm er den ersten von drei Suizidversuchen. Seine Eltern hatten gerade ihre Trennung verkündet. Eines Abends ging er zu einer Drogerie um die Ecke, kaufte eine Packung Rasierklingen und schnitt sich, sobald er wieder draußen war, die Pulsadern auf. Streifenpolizisten riefen einen Krankenwagen, und Phil wurde in eine private psychiatrische Einrichtung eingeliefert, wo er stationär aufgenommen wurde. Sein Vater besuchte ihn am zweiten Tag. Er lebte nicht mehr bei seiner Familie, war aber noch nicht nach Michigan umgezogen, sondern irgendwo in der

Stadt untergekommen. Seine einzige Reaktion auf die verzweifelte Tat seines Sohnes: »Scheint ja wieder alles okay zu sein.« Aufgrund dieser Diagnose veranlasste er auch sofort Phils Entlassung. Ein Aufenthalt in einer Privatklinik ist schließlich nicht billig.

Tröstlich und immer da, wenn er sie brauchte, wurde seine geliebte Flasche für Phil eine Art Vaterersatz. Mehr noch als seine anderen Laster kostete ihn der Alkoholismus seine erste Ehe im Alter von neunzehn Jahren, die beiden folgenden und das Familienleben, das er seinen drei Kindern gerne geboten hätte. Er arbeitete in einer Druckerei, dann als Fernfahrer und schließlich als Vorarbeiter in der Metallindustrie. Nach seiner zweiten Scheidung ging er im Alter von vierzig Jahren zu den Ortstreffen der Anonymen Alkoholiker und machte seinen ersten Entzug. Eine unbezahlte Unterhaltsforderung von dreißig Dollar brachte ihn schließlich für neun Monate ins Gefängnis. Als er entlassen wurde, stürzte er wieder ab, bekam sein Leben in den Griff, stürzte abermals ab und so weiter und so fort. Mit dreiundfünfzig Jahren zog er nach Cincinnati in eine Unterkunft für trockene Alkoholiker und ist seither nüchtern. Heute ist er fünfundsiebzig Jahre alt und lebt noch immer dort.

Fragt man ihn, wie es ihm geht, setzt er ein höfliches Lächeln auf. »Ich bin noch am Leben. Kaum, aber immerhin am Leben.«

Ein Verbrechen fordert immer mehr Opfer als nur das Opfer.

Geheimnisse manchmal auch.

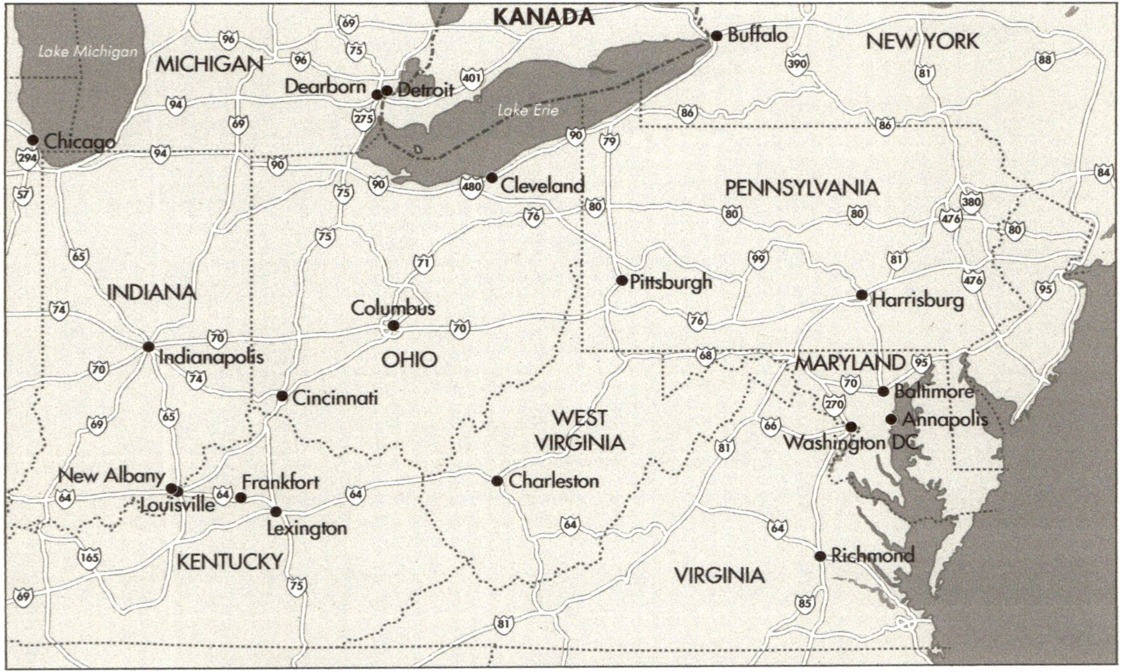

OHIO UND DIE ANGRENZENDEN STAATEN

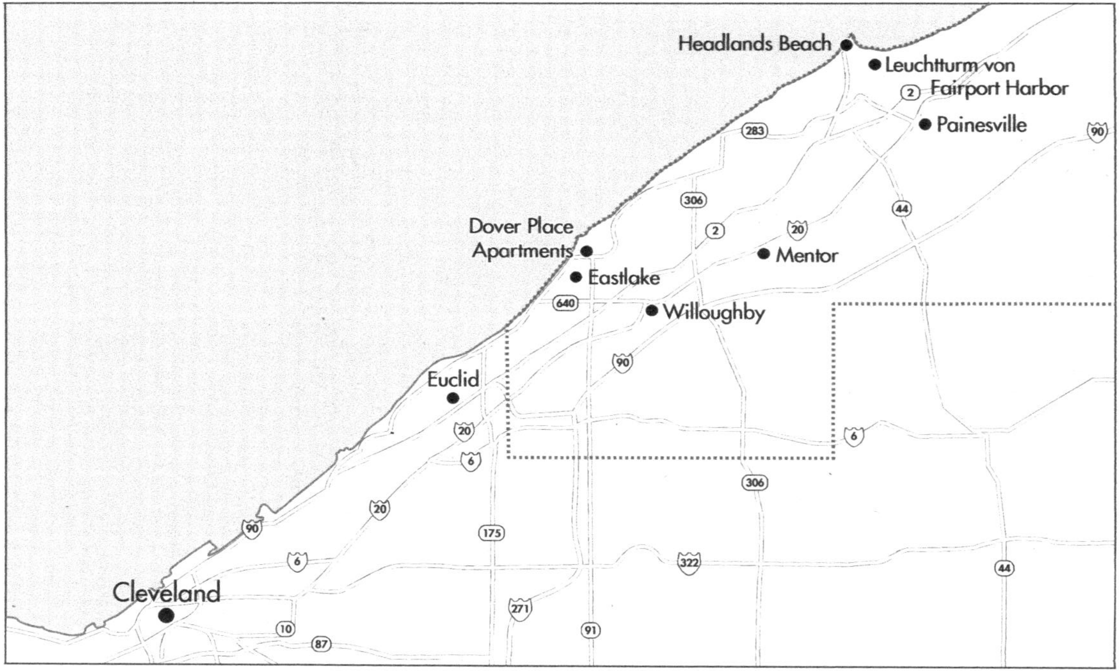
Headlands Beach
Leuchtturm von
Fairport Harbor
Painesville
Dover Place
Apartments
Eastlake
Mentor
Willoughby
Euclid
Cleveland

LAKE COUNTY

Chronologie

12. September 1926: Robert Ivan Nichols wird in New Albany, Indiana, geboren.

11. März 1937: Joseph Newton Chandler III wird in Buffalo, New York, geboren.

3. Mai 1945: Der Zerstörer USS Aaron Ward wird zur Zielscheibe einer Serie von Kamikazeangriffen. Der Freiwillige Robert Nichols wird verletzt und erhält den Militärorden Purple Heart.

21. Dezember 1945: Joseph Newton Chandler III stirbt im Alter von acht Jahren bei einem Autounfall in Weatherford, Texas.

9. Januar 1946: Robert Nichols und Laverne Korte heiraten in Charlestown, Indiana. Das Paar zieht nach New Albany und bekommt drei Kinder: Phil, Charles und David. Robert arbeitet als Industriedesigner bei General Electric.

19. März 1964: Das Ehepaar Nichols lässt sich scheiden. Laverne behält das Sorgerecht für die drei Söhne, Robert zieht nach Dearborn, Michigan.

9. März 1965: Nichols verschickt den letzten Brief an seine Eltern von Richmond aus, einer Stadt in der San Francisco Bay Area.

Herbst 1965: Phil Nichols erhält Post aus Napa von seinem Vater. Der Umschlag enthält nur einen Cent. Es ist Robert Nichols' letztes Lebenszeichen an seine Familie.

Dezember 1968 & Oktober 1969: Ein Unbekannter erschießt auf einer kriminellen Odyssee durch die Gegend um San Francisco fünf Teenager und verletzt zwei weitere. Der sogenannte Zodiac-Killer wird nie identifiziert.

25. September 1978: Robert Nichols beantragt und erhält in Rapid City, South Dakota, einen Sozialversicherungsausweis auf den Namen Joseph Newton Chandler III.

22. Oktober 1985: Joseph Chandler, vormals Robert Nichols, taucht in Eastlake, nahe Cleveland, Ohio, wieder auf und zieht dort in ein Studioapartment. Er arbeitet als Elektroingenieur für den Chemiegiganten Lubrizol.

4. Februar 1989: Chandler wird wegen einer Penisverletzung im Krankenhaus vorstellig.

Frühjahr 1992: Joseph Chandler taucht verkleidet als Mafiaboss bei einer Geburtstagsfeier auf und lässt sich fotografieren.

1997: Renteneintritt.

5. März 2000: Chirurgischer Eingriff wegen Darmkrebs.

3. April 2002: Kauf eines Revolvers Kaliber .38 für 263,55 Dollar.

24. Juli 2002: Mutmaßliches Datum von Joseph Chandlers Suizid durch einen Schuss in den Mund.

30. Juli 2002: Fund der Leiche im Zustand fortgeschrittener Verwesung durch die Polizei von Eastlake. Eine Ermittlung wird eröffnet, um die Todesursache festzustellen.

13. September 2002: Das Nachlassgericht des Countys erklärt Mike Onderisin auf seinen Antrag hin zum Verwalter von Joseph Chandlers Nachlass. Ein Verfahren zur Ermittlung der Erben wird eröffnet.

7. November 2002: Da am Tod durch Suizid keine Zweifel bestehen, schließt die Polizei von Eastlake den Fall Chandler.

28. April 2003: Der Privatdetektiv Larry Morrow enthüllt in seinem Bericht an das Gericht, dass Chandler unter falscher Identität lebte. Die Polizei von Eastlake nimmt die Ermittlungen wieder auf.

15. Januar 2008: Das Verfahren zur Ermittlung von Erben wird eingestellt.

8. April 2014: Die Polizei von Eastlake stellt die Ermittlungen zur tatsächlichen Identität Joseph Chandlers ein und übergibt die Akte Peter Elliott, dem U.S. Marshal von Nordohio.

September 2016: Peter Elliott nimmt Colleen Fitzpatricks Hilfe in Anspruch, um das Mysterium um die Identität Chandlers mithilfe der genetischen Genealogie zu lösen.

21. Juni 2018: Bei einer Pressekonferenz in Cleveland geben Peter Elliott und Colleen Fitzpatrick bekannt, dass Chandler in Wirklichkeit Robert Nichols, ein Veteran des Zweiten Weltkriegs aus Indiana, war. Am selben Tag schließt die Polizei von Eastlake die am 30. Juli 2002 eröffnete Akte endgültig. Die Ermittlungen der U.S. Marshals werden weitergeführt, in der Hoffnung, die Gründe für Nichols' Identitätsdiebstahl zu erfahren.

Der Stammbaum der Familie Nichols

Heirat am 9. Mai 1914

Alpha Schreiber
verh. Nichols
(1897–1990)

Silas Nichols
(1887–1982)

James Nichols
(1924–2012)

Robert Nichols
(1926–2002)

Marvin Nichols
(1929–2011)

Heirat am 9. Januar 1946

Laverne Korte
verh. Nichols
(1929–1992)

Robert Nichols
(1926–2002)

Phil Nichols
(1947–)

Charles Nichols
(1949–)

David Nichols
(1954–2015)

Quellen

Bislang wurde über den rätselhaften Joseph Chandler noch kein Buch geschrieben. Auch Dokumentar- oder Spielfilme gibt es über ihn noch nicht.

James Renner widmet dem Phantom in seinem Werk *Serial Killer's Apprentice: And 12 Other True Stories of Cleveland's Most Intriguing Unsolved Crimes* (Gray & Company, 2018) ein Kapitel, auf das ich mich während der Vorbereitungen für meine Recherche größtenteils gestützt habe.

Die Darstellung der Angriffe auf die USS Aaron Ward basiert hauptsächlich auf dem Buch *Brave Ship, Brave Men* von Arnold Lott (überarbeitete Ausgabe: National Institute Press, 1994; Originalausgabe: Bobbs Merrill, 1964).

Die Ausschnitte aus dem Interview, das Robert Nichols dem *Courier-Journal* nach seiner Rückkehr aus Okinawa gab, stammen aus dem Archiv der Tageszeitung.

Ein Zitat Tom Doyles wurde aus dem Artikel »Was dead imposter rocker or hijacker?« übernommen, der am 5. Juli 2003 im *Plain Dealer* veröffentlicht wurde.

Die übrigen Zitate und Informationen in diesem Buch wurden in Recherchen vor Ort zusammengetragen sowie durch Interviews, die im September 2002 in Cleveland, Akron, Cincinnati, Lake County und Ashtabula County, Ohio, geführt wurden.

Danksagung

Abgesehen von ihrer unschätzbaren Hilfe haben mir alle meine Gesprächspartnerinnen und -partner auch die außerordentliche Gastfreundschaft und Großzügigkeit entgegengebracht, die den Menschen im Mittleren Westen nachgesagt werden. Ich schulde ihnen meinen größten Dank, und das nicht nur aus Höflichkeit.

Vor allem stehe ich in James Renners Schuld. Nicht nur hat er mich darauf gebracht, dass der Fall Chandler, über den ich rein gar nichts wusste, ein Buch wert war. Er hat mir auch eine Menge Türen geöffnet und mir Zugriff zu seinen persönlichen Archiven gegeben. An dieser Stelle möchte ich ihm meine Bewunderung für seine journalistische Karriere und sein belletristisches Werk aussprechen.

Jeder Reporter, der sich auf unbekanntes Terrain begibt, braucht einen Larry Morrow und einen Tom Doyle im Boot. Die beiden waren meine guten Feen, meine Führer, meine Dietriche, und letzten Endes sind sie zu Freunden geworden. Dieses Buch verdankt ihnen so viel. Fast alles, um genau zu sein.

Phil Nichols war bereit, die Wunden seiner schmerzhaften Geschichte für mich erneut aufzureißen, und das mit Freundlichkeit und einem außerordentlichen Sinn fürs Detail. Sein großes Herz, seine innere Stärke und seine Resilienz machen ihn zu einem großartigen Mann. Es war mir eine Ehre, ihn kennenzulernen.

Ich bin auch Peter Elliott und McKenzie Myers unendlich dankbar. Sie haben mir einen nicht zu verachtenden

Teil ihrer wertvollen Freizeit geschenkt und mich außerdem sehr herzlich empfangen.

Meine Dankbarkeit gilt außerdem Chris Bowersock, Ted Kroczak und Lou Formick. Sie haben trotz meiner unendlichen Fragen nach Details und Präzisierungen Engelsgeduld bewiesen. Außerdem hatten sie jederzeit eine gute Anekdote parat, und wer sich im Laufe des Buchs ab und zu bei einem Schmunzeln ertappt hat, sollte dafür diesen dreien danken.

Mike Lewis bot mir eine goldene Pfeife an und ermöglichte mir zudem das coolste und unglaublichste Interview meiner Karriere. Ein großes Dankeschön an ihn.

Ich danke Jeffrey Offak für das Bier und dafür, dass er die Nerven behalten hat, als auf seinem Grundstück plötzlich ein Unbekannter mit in den Hosentaschen vergrabenen Händen auftauchte.

Ich danke Kathleen Morrow und Dave Franklin für die Erinnerungen, die sie mit mir geteilt haben, Marah Morrison für ihre Fähigkeiten im menschlichen Umgang und für die Ratschläge, und James O'Leary dafür, dass er sich für mich eingesetzt hat, um mir ein Interview mit seiner Klientin zu ermöglichen.

Danke an Anne Burzynski, die den ersten Samen für dieses Buch gesät hat, und an Hubert Greiche, der im Eiltempo den Rettungsring für eine vom Untergehen bedrohte Reportage ausgeworfen hat.

Ein großes Dankeschön auch an meine Lektorin Elsa Delachair und meinen Lektor Stéphane Régy, die sich gut um mich gekümmert haben, und an meine Agentin Susanna Lea für ihre ansteckende Begeisterung.

Zu guter Letzt danke ich Amandine dafür, dass sie die Versäumnisse eines jungen, viel beschäftigten Vaters wettgemacht hat, und Doriane dafür, dass sie mir meine Schnitzer verziehen hat.

Thibault Raisse

Thibault Raisse, geboren in Paris, studierte Journalismus in Frankreich und England. Er berichtete viele Jahre lang für die Tageszeitung *Le Parisien*, inzwischen arbeitet er als freier Journalist für die Magazine *Elle* und *Society*. 2020 veröffentlichte er mit mehreren Co-Autoren sein True-Crime-Buch *Xavier Dupont de Ligonnès. L'Enquête*, das in Frankreich zum Bestseller wurde.